VOLTAIRE

MIKROMEGAS

DIE BIBLIOTHEK VON BABEL

Eine Sammlung phantastischer Literatur
herausgegeben von JORGE LUIS BORGES

VOLTAIRE

MIKROMEGAS

Mit einem Vorwort von Jorge Luis Borges

Erzählungen

BÜCHERGILDE GUTENBERG

INHALT

VORWORT

Die Literaturkritik weist auf zwei Quellen der Voltaire'schen Erzählungen hin: Die eine ist das *Buch von Tausendundeiner Nacht*, das Antoine Galland, wohl sein bester Übersetzer, Europa zu Beginn des 18. Jahrhunderts zugänglich machte; die andere Quelle ist *Gullivers Reisen* von Jonathan Swift (1726). Die Tatsache steht außer Zweifel, jedoch dienen die Materialien eines Werks nur dazu, die Phantasie eines Schöpfers anzuregen. Die Märchen von *Tausendundeiner Nacht* wurden erfunden, damit die Hörer sie glaubten – die glasklaren Erzählungen Voltaires sind reine, anspruchsvolle Gedankenspiele, die uns keinen Glauben abfordern, sondern bereitwillige und genußreiche Teilnahme. Verbittert wie er war, wollte Swift mit *Gullivers Reisen* eine Streitschrift gegen die Menschheit schreiben; rein verstandesmäßig bezweckte Voltaire das Gleiche, doch steckte in ihm eine Neigung zum Spaß und zum Glücklichsein, das zu unserm Glück aus der Streitschrift einen brillanten Schabernack machte.

Leibniz, der seine Philosophie stets den Forderungen des Tages unterordnete, hielt unsere Welt für die beste aller möglichen Welten. Um eine derart unglaubwürdige Lehre zu verspotten, erfand Voltaire das Wort »Optimismus« als Untertitel zum *Candide*. Es

fiel ihm nicht schwer, Beispiele von Katastrophen und Unglücksfällen aufzuhäufen, aber er tat dies mit soviel Überschwang und in einem derartig witzigen Stil, daß er nicht etwa hoffnungslose Trauer erzeugt, sondern das genaue Gegenteil. Wie kann die Welt schlecht sein, wenn sie einen Menschen wie Voltaire hervorgebracht hat! Er hielt sich für einen Pessimisten, aber sein Temperament verbot ihm diese melancholische Beurteilung. (Es ist wohl unnötig hinzuzufügen, daß das Wort »Pessimismus« als Gegenstück zur Voltaire'schen Neubildung geprägt wurde.)
Bekanntlich war eine der Folgen des fast unübersehbaren Werks, das Voltaire uns hinterlassen hat, die Französische Revolution. Sie hätte ihn allerdings in Empörung versetzt, denn sein Zukunftsbild war mitunter einmal die konstitutionelle Monarchie Englands, worauf er in *La Princesse de Babylone (Die Prinzessin von Babylon)* hinweist. Er haßte die katholische Kirche, die er *»la infame«* nannte, besonders die Jesuiten, und ebenso haßte er die Atheisten, die seine ergebensten Leser werden sollten. Voltaire war ein Verfechter der natürlichen Religion, nicht der offenbarten, und er baute in Annecy eine Kirche mit der Inschrift *Deo erexit Voltaire* (Für Gott errichtete sie Voltaire). Er behauptete, sie sei auf der Welt die einzige, die Seinem Dienst geweiht sei, da alle anderen nur den Jungfrauen- und Heiligenkalender verherrlichten.
Die erste der von uns ausgewählten Erzählungen,

Memnon ou la sagesse humaine (Memnon oder die menschliche Weisheit), berichtet von dem zu erwartenden Mißgeschick, das einem Jüngling zustößt, der »auf den unsinnigen Plan verfällt, vollkommen vernünftig zu sein«. Der Geist, der am Ende erscheint, um ihm zu helfen, könnte gut eine Karikatur von Leibniz sein. Eine andere, *Les deux consolés (Die beiden Getrösteten)*, ist eine Parodie auf eine Abhandlung Senecas, die Jahrhunderte später Petrarca und auch Quevedo fortführten und die vorgibt, die Unglücklichen durch Anhäufung berühmter Vorbilder des ihnen zugestoßenen Unglücks zu trösten. Natürlich bleibt die Methode wirkungslos.

Histoire des voyages de Scarmentado (Geschichte der Reisen Scarmentados) beschreibt die Geographie mehrerer Kontinente vermittels einer unterhaltsamen Auflistung von Vorurteilen und Foltermethoden. Der Bereich von *Micromégas* ist noch weiträumiger und übersteigert *Gullivers Reisen* ins Astronomische: Die Bewohner des Saturns leben fünfzehntausend Jahre lang und beklagen sich über eine so kurze Zeitspanne, die ihnen wie ein Augenblick erscheint.

Das Thema von *Le Blanc et le Noir (Der Weiße und der Schwarze)* ist der Konflikt zwischen dem Engel des Guten und dem des Bösen. Er wird mittels atemberaubender Verwandlungen ausgetragen, welche die Vorstellungen der pythagoreischen Lehre und der indischen Mythologie spiegeln. In fast allen seinen Er-

zählungen verwendet Voltaire die Geographie von *Tausendundeiner Nacht* und der Antike, aber dem Leser wird bald klar, daß Babylon Paris bedeutet, und daß die Brahmanen oder Druiden die Würdenträger der römischen Kirche sind. Anfangs verfährt auch *La Princesse de Babylone (Die Prinzessin von Babylon)* nach dieser ergötzlichen Methode; in dem Maße, wie die Geschichte sich jedoch ausweitet, bereisen die beiden Liebenden die Länder Europas, und Albion, Germanien oder Gallien existieren auf zwei Zeitebenen: Sie sind gleichzeitig das, was sie zu Beginn der Geschichte waren und was sie jetzt, zu Voltaires Zeit, sind. Und dann verschmelzen beide Ebenen in der Vergangenheit zu einer einzigartigen Pracht mit Einhörnern und Zaubervögeln. In den anderen Erzählungen dieses Bandes lenkt Voltaire die Handlung von außen, wie ein ironischer Zuschauer, der sich auf keine Seite festlegt; in dieser jedoch läßt er sich von ihrem erregenden Hin und Her mitreißen, als ob er wüßte, daß er träumt, und sich, froh oder fromm, dem Weiterträumen fügt.
Die Psychologie der Helden ist elementar, aber richtig; die Prinzessin ist nichts weiter als ein verliebtes Mädchen, dem die Armeen, die ihren Vater vernichten werden, einerlei sind und die nur nach Amazán sucht, der gleichermaßen nach ihr entbrannt ist. Vielleicht war Voltaire der Meinung, das Menschengeschlecht sei keiner tieferen Untersuchung von Seelenzuständen wert; wahrscheinlich hat er sich nicht getäuscht.

Es macht Freude, wenn man feststellen kann, daß die Zustimmung der Allgemeinheit richtig ist. Nicht immer steckt ein Irrtum in Gemeinplätzen: Voltaire hat die beste Prosa der französischen Sprache – vielleicht der Welt – geschrieben.
Er starb 1770 mit vierundachtzig Jahren in Paris, kurz nach dem stürmischen Erfolg seiner Tragödie *Irène*. Nach Schluß des fünften Aktes drängte eine Menge von Verehrern in seine Loge, um ihm einen Lorbeerkranz zu überreichen. Er dankte mit dem Ausruf: »*Vous m'étouffez sous des roses!*«

JORGE LUIS BORGES

MEMNON ODER DIE MENSCHLICHE WEISHEIT

Memnon faßte eines Tages den törichten Entschluß, wahrhaft weise zu werden. Es gibt wohl kaum einen Menschen, in dessen Kopf dieser Wahn nicht auch schon einmal gespukt hätte. »Um wirklich weise und folglich auch wirklich glücklich zu sein, braucht man nur frei von allen Leidenschaften zu sein«, sagte sich Memnon, »und bekanntlich ist nichts leichter als das. Erstens will ich niemals eine Frau lieben, denn beim Anblick einer vollkommenen Schönheit muß ich mir stets sagen: Diese Wangen werden eines Tages voller Runzeln und diese schöne Augen rot umrändert sein. Dieser straffe Busen wird flach herabhängen und dieses schöne Haupt wird kahl werden. Ich brauche mir eine Frau also nur so vorzustellen, wie ich sie Jahre später sehen würde, und dann wird sie mir nicht mehr den Kopf verdrehen.
Zweitens will ich stets mäßig sein. Gute Mahlzeiten, köstliche Weine und Geselligkeiten sollen mich nicht mehr in Versuchung bringen. Ich brauche nur an die Folgen des Prassens, an den schweren Kopf, den verdorbenen Magen, den Verlust an Verstand, Gesundheit und Zeit zu denken, und ich werde dann nur noch essen, um meinen Hunger zu stillen. Meine Gesundheit wird stets gleich gut sein, meine Gedanken

klar und hell. Das alles ist so kinderleicht, daß es gar kein Verdienst ist, dieses Ziel zu erreichen.

Dann muß ich ein wenig an meine Verhältnisse denken«, sann Memnon weiter. »Meine Bedürfnisse sind bescheiden, mein Vermögen ist bei dem Obersteuereinnehmer von Ninive sicher angelegt. Ich habe genug, um vollkommen unabhängig zu leben; das ist wohl das höchste Glück auf Erden. Ich werde mich nie der peinlichen Notwendigkeit gegenübersehen, bei Hofe meine Aufwartung zu machen. Ich beneide niemand, und niemand wird mich beneiden. Auch das ist sehr erfreulich. Ich habe Freunde«, setzte er seine Betrachtungen fort, »und ich werde sie nicht verlieren, weil ich nicht mit ihnen streite. Ich werde mit ihnen keinen Ärger haben, und sie nicht mit mir. Und so gibt es keine Schwierigkeiten.«

Nachdem Memnon so seinen Weisheitsplan in seinen vier Wänden entworfen hatte, steckte er den Kopf zum Fenster hinaus. Er erblickte zwei Frauen, die unter den Platanen in der Nähe seines Hauses spazierengingen. Die eine war alt und machte den Eindruck eines Menschen, der über nichts nachdenkt. Die andere war jung und hübsch und schien von schweren Sorgen bedrückt zu sein. Sie seufzte und weinte, und dadurch sah sie nur noch reizender aus. Unser Weiser war gerührt, nicht etwa von der Schönheit der Dame (vor einer solchen Schwäche fühlte er sich sicher), sondern von der Trübsal, in der er sie sah. Er ging auf die Straße hinab und wandte sich an die junge Niniveerin in der Absicht, sie verständnisvoll zu trösten. Mit der harmlosesten und rührendsten Miene erzählte ihm die hübsche Person, welches Unrecht ihr ein Onkel (den sie gar nicht hatte!) angetan, mit wieviel List er ihr ein Vermögen (das sie nie besessen hatte) entwendete und wie sehr sie seine Gewalttätigkeit fürchtete. »Ich glaube, Sie sind ein Mann, der gute Ratschläge zu erteilen weiß«, sagte sie zu Memnon. »Wenn Sie die Güte hätten, mit mir zu kommen, um meine Angelegenheiten zu prüfen, so glaube ich bestimmt, daß Sie mir aus dieser peinlichen Situation heraushelfen könnten.« Memnon folgte ihr ohne Zögern, um ihre Angelegenheiten eingehend mit ihr durchzugehen und sie zu beraten.

Die betrübte Dame führte ihn in ein von Wohlgerüchen erfülltes Zimmer und bat ihn höflich, auf einem breiten Sofa Platz zu nehmen, wo sie sich dann mit übereinandergeschlagenen Beinen gegenübersaßen. Die Dame sprach mit gesenkten Augen, aus denen von Zeit zu Zeit Tränen hervorquollen; jedesmal, wenn sie sie aufschlug, begegneten sie den Blicken des weisen Memnon. Ihre Unterhaltung war sehr vertraut und wurde immer herzlicher, sooft sie sich anblickten. Memnon nahm sich die Angelegenheit der Dame sehr zu Herzen und empfand von Minute zu Minute größere Lust, einem so braven und unglücklichen Wesen behilflich zu sein. Im Eifer der Unterhaltung saßen sie sich schließlich nicht mehr gegenüber, sondern nebeneinander, und ihre Beine waren auch nicht mehr übereinandergeschlagen. Memnon tröstete sie, während er dicht neben ihr saß, und gab ihr so liebevolle Ratschläge, daß keiner von ihnen noch weiter von Geschäften zu sprechen vermochte und beide nicht mehr wußten, wo sie waren.

Während sie so beieinander saßen, trat der Onkel ein, und zwar so, wie man sich's schon denken kann: Er war von Kopf bis Fuß bewaffnet, und das erste, was er sagte, war, daß er auf der Stelle und mit Fug und Recht den weisen Memnon und seine Nichte umbringen wollte. Die Nichte, die sich schleunigst in Sicherheit brachte, erreichte schließlich, daß er gegen eine beträchtliche Geldsumme zu verzeihen bereit war. Memnon mußte alles, was er bei sich hatte, hergeben. Zu jener Zeit schätzte man sich glücklich, wenn man so billig davonkam. Amerika war noch nicht entdeckt, und betrübte Damen waren damals bei weitem nicht so gefährlich wie heutzutage.

Beschämt und verzweifelt kehrte Memnon heim. Dort fand er ein Briefchen vor, worin er zu einem Essen mit einigen guten Freunden geladen wurde. »Bleibe ich zu Hause«, überlegte er, »so geht mir mein trauriges Abenteuer nicht aus dem Kopf. Ich kann nicht essen und werde schließlich noch krank, lieber will ich mit meinen besten Freunden eine bescheidene Mahlzeit einnehmen. In ihrer angenehmen Gesellschaft werde ich die Dummheit, die ich heute morgen begangen habe, vergessen.« Also folgt er der Einladung und geht zu seinen Freunden. Sie finden

ihn etwas verdrießlich und bekümmert und setzen ihm zu trinken vor, um seine Traurigkeit zu verscheuchen. »Ein wenig Wein, bedachtsam getrunken, ist ein Labsal für Leib und Seele«, denkt der weise Memnon und betrinkt sich. Nach dem Essen fordert man ihn zu einem Spiel auf. Mit Freunden in aller Form ein Spielchen zu machen, ist ein ehrbarer Zeitvertreib. Memnon spielt und verliert alles, was er in seiner Börse hat, und noch viermal soviel auf sein Ehrenwort. Zu guter Letzt entspinnt sich ein Streit um das Spiel. Alle sind erregt, und einer seiner besten Freunde wirft ihm den Würfelbecher an den Kopf und sticht ihm ein Auge aus. Der weise Memnon wird nach Hause gebracht: betrunken, ohne Geld und um ein Auge ärmer.
Memnon schläft seinen Rausch aus, und sobald er wieder einen klaren Kopf hat, schickt er seinen Diener zum Obersteuereinnehmer von Ninive, um Geld holen zu lassen, damit er seine Schulden bezahlen kann. Als Antwort erfährt er, daß sein Schuldner am Morgen einen betrügerischen Bankrott gemacht und dadurch hundert Familien ruiniert hat. Ganz außer sich begibt sich Memnon mit einem Pflaster auf dem Auge und einer Bittschrift in der Hand an den Hof, um beim König sein Recht gegenüber dem Bankrotteur zu erbitten. In einem Salon trifft er mehrere Damen, die mit Anmut Reifröcke von vierundzwanzig Fuß Umfang trugen. Eine von ihnen, die ihn oberflächlich kannte, sah ihn von der Seite an und sagte:

»Ach, wie schrecklich!« Eine andere, die ihn näher kannte, sagte: »Guten Tag, Herr Memnon, ich freue mich wirklich, Sie zu sehen, Herr Memnon. Sagen Sie, Herr Memnon, wie kommt es, daß Sie ein Auge verloren haben?« Und ohne seine Antwort abzuwarten, ging sie weiter. Memnon versteckte sich in einer Ecke und wartete auf den Augenblick, da er sich dem Monarchen zu Füßen werfen konnte. Endlich war es soweit. Memnon küßte dreimal den Fußboden und überreichte sein Gesuch. Seine huldreiche Majestät nahm es sehr wohlwollend entgegen und übergab es einem seiner Satrapen, damit er ihm darüber Bericht erstatte. Der Satrap nahm Memnon beiseite und sagte mit hochmütiger Miene und höhnischem Lächeln: »Sie sind mir ein komischer Einäugiger! Sie übergehen mich und wenden sich direkt an den König! Und was ich noch lächerlicher finde, ist, daß Sie es wagen, Ihr Recht von einem ehrsamen Bankrotteur zu fordern, der als Neffe der Kammerzofe meiner Mätresse meine Protektion genießt. Verfolgen Sie die Angelegenheit nicht weiter, Freundchen, wenn Ihnen das eine Auge, das Sie noch übrigbehalten haben, lieb ist.« So kam es, daß Memnon, der sich am Morgen vorgenommen hatte, auf leibliche Genüsse, Frauen, Spiel und jegliche Streitigkeiten zu verzichten und sich vom Hofe fernzuhalten, noch ehe die Nacht hereinbrach, von einer schönen Frau betrogen und bestohlen worden war, sich betrunken, gespielt und in einen Streit eingelassen hatte, ein Auge eingebüßt hatte und bei Hofe gewesen war, wo man sich über ihn lustig machte.

Starr vor Staunen und in tiefster Seele bekümmert, kehrte Memnon heim. Als er sein Haus betreten wollte, kamen ihm Gerichtsdiener entgegen, die im Auftrag seiner Gläubiger seine Möbel ausräumten. Einer Ohnmacht nahe lehnte sich Memnon an den Stamm einer Platane. In diesem Moment ging die schöne Dame vom Vormittag, die mit ihrem Onkel einen Spaziergang machte, an ihm vorüber, und als sie Memnon mit seinem Pflaster erblickte, brach sie in schallendes Gelächter aus.

Als es Nacht wurde, legte sich Memnon auf einem Strohhaufen neben der Mauer seines Hauses nieder. Während ihn ein Fieberschauer schüttelte, schlief er ein, und im Traum erschien ihm ein Engel der himmlischen Heerscharen.

Strahlend und licht stand der Geist vor ihm. Er hatte sechs prächtige Flügel, aber weder Füße noch Kopf noch Schwanz und hatte nicht die geringste Ähnlichkeit mit irgendeinem anderen Wesen. »Wer bist du?« fragte ihn Memnon. »Dein guter Genius«, war die Antwort. »So gib mir mein Auge, meine Gesundheit, mein Vermögen und meine Weisheit zurück«, bat Memnon und erzählte, wie er alles an einem einzigen Tage eingebüßt hatte. »Das sind alles Abenteuer, die wir in unserer Welt nicht erleben«, bemerkte der Geist. »Welche Welt ist das?« fragte das betrübte Menschenkind. »Meine Heimat ist fünfhundert Millionen Meilen von der Sonne entfernt auf einem kleinen Stern in der Nähe des Sirius, den du von hier aus sehen kannst.« – »Welch schönes Land!« rief Memnon. »Bei Euch gibt es also keine Weibsbilder, die einen armen Mann betrügen, keine guten Freunde, die einem das Geld abgewinnen und ein Auge ausstechen, keine Bankrotteure und auch keine Satrapen, die sich über andere Menschen lustig machen und ihnen ihr Recht verweigern?« – »Nein«, entgegnete der Sternbewohner, »nichts von alledem. Wir werden nie von Frauen betrogen, weil wir keine haben; bei uns gibt es keine Schlemmer und Vielfraße, weil wir überhaupt nicht essen; wir kennen keine Bankrotteure, weil es weder Gold noch Silber bei uns gibt; man kann uns kein Auge ausstechen, weil wir keinen Körper haben, und die Satrapen können uns kein Unrecht antun, da auf unserem kleinen Stern alle gleich sind.«

»Euer Gnaden«, sagte Memnon darauf zu ihm, »wenn Ihr keine Frauen und keine Mahlzeiten kennt – womit verbringt Ihr dann Eure Zeit?« – »Damit, über andere Himmelskörper, die uns anvertraut sind, zu wachen«, versetzte der Genius, »und darum komme ich, um dich zu trösten.« – »O weh!« rief Memnon. »Warum seid Ihr nicht eine Nacht früher gekommen, um mich daran zu hindern, so viele Dummheiten zu begehen?« – »Ich war bei Assan, deinem älteren Bruder«, erwiderte das himmlische Wesen; »er ist weit mehr zu bedauern als du. Seine huldreiche Majestät, der König von Indien, an dessen Hof zuweilen er die Ehre hat, ließ ihm wegen einer kleinen Indiskretion beide Augen ausstechen, und jetzt liegt er an Händen und Füßen gefesselt im Gefängnis.« – »Wirklich, es lohnt sich, einen guten Genius in der Familie zu haben, damit der eine der beiden Brüder ein Auge verliert und der andere blind wird, damit der eine auf Stroh liegt und der andere im Gefängnis sitzt«, meinte Memnon. »Dein Los wird sich ändern«, tröstete ihn das Sternengeschöpf. »Zwar wirst du dein Leben lang einäugig bleiben, aber abgesehen davon wirst du noch recht glücklich werden, vorausgesetzt, daß du niemals wieder den törichten Vorsatz faßt, ein wahrhaft weiser Mensch zu werden.« – »Das ist wohl etwas, was man unmöglich erreichen kann?« rief Memnon und seufzte tief. »Ja, ebenso wie es unmöglich ist, den höchsten Grad der Gewandtheit, der Stärke und der Macht zu erreichen und vollkommen glücklich zu sein. Selbst wir sind weit davon entfernt. Es gibt einen Himmelskörper, auf dem man das tatsächlich findet, aber in den hunderttausend Millionen Welten, die im All verstreut sind, gibt es das alles nur in Abstufungen. In der zweiten Welt sind Weisheit und Freude weniger verbreitet als in der ersten, und in der dritten weniger als in der zweiten, und so geht es fort bis zur letzten, wo alle schon vollends wahnwitzig sind.« – »Ich fürchte«, warf Memnon ein, »daß unser kleiner Erdball gerade das Irrenhaus ist, von dem zu sprechen Ihr mir die Ehre erweist.« – »Nicht ganz«, gab der Geist zurück, »aber beinahe. Alles muß an seinem Platz sein.« – »Demnach behaupten gewisse Dichter und Philosophen zu Unrecht, daß alles wohl bestellt sei«, rief Memnon. »Nein, sie haben vollkommen recht«, erwiderte der Philosoph aus den höheren Regionen, »wenn man nämlich das ganze Weltall in Betracht zieht.« – »Ach«, rief der arme Memnon, »das kann ich erst glauben, wenn ich nicht mehr einäugig bin.«

DIE BEIDEN GETRÖSTETEN

Der große Philosoph Citophil sagte eines Tages zu einer Frau, die allen Grund hatte, verzweifelt zu sein: »Madame, die Königin von England, die Tochter des großen Heinrich IV., war ebenso unglücklich wie Sie: Sie wurde aus ihrem Lande verjagt, auf dem Meere wäre sie beinah im Sturm ums Leben gekommen, und sie mußte mit ansehen, wie ihr königlicher Gemahl auf dem Schafott endete.« – »Das tut mir sehr leid für sie«, sagte die Dame und begann ihr eigenes Mißgeschick zu beweinen. »Aber Sie erinnern sich doch an Maria Stuart«, erzählte Citophil weiter, »sie liebte in allen Ehren einen braven Musiker, der eine sehr schöne Baßstimme hatte. Ihr Gatte ließ ihren Sänger vor ihren Augen ermorden, und ihre gute Freundin und nahe Verwandte, die Königin Elisabeth, die von sich behauptete, sie wäre Jungfrau, ließ ihr auf einem schwarzausgeschlagenen Schafott den Kopf abschlagen, nachdem sie sie achtzehn Jahre lang im Gefängnis gehalten hatte.« – »Das ist furchtbar grausam«, rief die Dame und versank wieder in ihren Trübsinn.

»Vielleicht haben Sie auch von der schönen Johanna von Neapel gehört, die eingekerkert und erdrosselt wurde?« – »Ich erinnere mich dunkel daran«, sagte die bekümmerte Frau.

»Ich muß Ihnen noch das tragische Schicksal einer anderen Herrscherin schildern«, fuhr der Tröster fort. »Sie wurde zu meinen Lebzeiten nach einem Abendessen entthront und starb schließlich auf einer verlassenen Insel.« – »Ich kenne diese ganze Geschichte«, entgegnete die Dame.

»Nun, so will ich Ihnen erzählen, was einer anderen berühmten Fürstin widerfahren ist, die ich in der Philosophie unterrichtet habe. Sie hatte einen Geliebten, wie eben alle berühmten und schönen Fürstinnen. Ihr Vater betrat ihr Zimmer und überraschte den Liebhaber, dessen Gesicht feuerrot war und dessen Augen wie Karfunkel glänzten; die Dame hatte ebenfalls eine sehr lebhafte Gesichtsfarbe. Das Aussehen des jungen Mannes mißfiel dem Vater derart, daß er ihm die mächtigste Ohrfeige versetzte, die jemals in seinem Fürstentum gegeben worden ist. Der Liebhaber ergriff eine Feuerzange und schlug dem Schwiegerpapa ein Loch in den Kopf. Mit knapper Not genas dieser und hat bis heute eine Narbe von dieser Verletzung zurückbehalten. Die Geliebte sprang in ihrer Bestürzung aus dem Fenster, verstauchte sich ein Bein, so daß sie bis auf den heutigen Tag stark hinkt, obwohl sie sonst eine wunderschöne Figur hat. Der Liebhaber wurde zum Tode verurteilt, weil er einem berühmten Fürsten ein Loch in den Kopf geschlagen hatte. Sie können sich vorstellen, in welcher Verfassung die Prinzessin war, als man ihren Geliebten zum Galgen führte. Ich habe sie oft gesehen, während sie im Kerker saß, und sie sprach von nichts anderem zu mir als von ihrem Unglück.« – »Warum wollen Sie also nicht, daß ich an mein Ungemach denke?« fragte die Dame. – »Darum, weil man nicht daran denken soll und weil es Ihnen schlecht ansteht zu verzweifeln, da doch so viele berühmte Damen unglücklich gewesen sind. Denken Sie an Hekuba, denken Sie an Niobe!« – »Ach«, rief die Dame, »wenn ich zu ihren Zeiten gelebt hätte oder zu Lebzeiten anderer schöner Prinzessinnen und Sie hätten ihnen zum Trost von meinem Unglück erzählt – glauben Sie, die hätten auf Sie gehört?«

Am Tage darauf verlor der Philosoph seinen einzigen Sohn und war nahe daran, vor Kummer zu sterben. Die Dame ließ eine Liste von allen Königen aufstellen, die ihre Kinder verloren hatten, und brachte sie dem Philosophen. Er las sie durch, fand sie sehr exakt, weinte aber trotzdem nicht weniger. Drei Monate später trafen sie sich wieder und waren erstaunt, daß sie beide guter Laune waren. Sie ließen eine herrliche Bildsäule errichten, die der Zeit gewidmet war und die die Inschrift trug:

DER TRÖSTERIN

GESCHICHTE DER REISEN SCARMENTADOS

VON IHM SELBST GESCHRIEBEN

Ich bin im Jahre 1600 in der Stadt Candia geboren, deren Gouverneur mein Vater war. Ich erinnere mich, daß ein mittelmäßiger Dichter namens Iro, dessen Hartherzigkeit allerdings nicht nur mittelmäßig war, mir zu Ehren schlechte Verse machte, in denen er meine Abstammung in gerader Linie von Minos herleitete. Als mein Vater jedoch in Ungnade gefallen war, schrieb derselbe Dichter andere Verse, in denen ich nur ein Sprößling von Pasiphaë und ihrem Liebhaber war. Er war wirklich ein recht boshafter Kerl, dieser *Iro*, und der langweiligste Lümmel auf der ganzen Insel.

Als ich fünfzehn Jahre alt war, schickte mich mein Vater zum Studium nach Rom. Bei meiner Ankunft hoffte ich, daß sich mir dort alle Wahrheiten erschließen würden; denn bis dahin hatte man mich genau das Gegenteil gelehrt, wie es nun einmal in dieser unserer Welt von China bis zu den Alpen üblich ist. Monsignore Profondo, dem man mich empfohlen hatte, war ein sonderbarer Kauz und einer der schrecklichsten Gelehrten, die es auf der Welt gab. Er wollte mir die Kategorien des Aristoteles beibringen, war aber im Begriff, mich in die Kategorie seiner Lustknaben einzureihen. Ich kam noch gut davon. Ich wohnte Prozessionen und Teufelsbeschwörungen bei und war sogar Zeuge von Erpressungen. Es wurde – allerdings zu Unrecht – behauptet, daß Signora Olimpia, eine außerordentlich kluge Frau, gar vieles verkaufte, was man nicht feilbieten soll. Ich war in einem Alter, in dem mir dies alles sehr amüsant erschien. Eine junge Dame von sehr sanftem Charakter, eine gewisse Signora Fatelo, kam auf den Einfall, sich in mich zu verlieben. Die ehrwürdigen Patres Poignardini und Aconiti, zwei junge Klosterbrüder eines Ordens, der nicht mehr besteht, machten ihr eifrig den Hof. Sie versöhnte die beiden, indem sie mir ihre Gunst schenkte, aber ich lief dadurch Gefahr, aus der Kirche ausgestoßen und vergiftet zu werden. Höchst befriedigt von der Architektur der Peterskirche fuhr ich weiter.

Ich bereiste Frankreich, das damals von Ludwig dem Gerechten regiert wurde. Als erstes fragte man mich, ob ich zum Frühstück ein Stückchen Marschall-d'Ancre-Fleisch essen wollte: Das Volk hatte ihn rösten lassen, und das Fleisch wurde äußerst billig an alle, die etwas davon haben wollten, abgegeben.

Dieses Land wurde unaufhörlich von Bürgerkriegen heimgesucht – bald ging es dabei um einen Sitz im Staatsrat, bald um zwei Seiten mit strittigen Glaubenssätzen. Seit mehr als sechzig Jahren verwüstete dieser Brand, der zeitweise unterdrückt wurde und dann von neuem aufflammte, das herrliche Land.

Das also waren die Freiheiten der gallikanischen Kirche! »Ach«, rief ich aus, »dieses Volk ist aber doch von Natur so sanftmütig! Wer mag es seinem Wesen so entfremdet haben? Es scherzt gern – und es veranstaltet Bartholomäusnächte! Glücklich die Zeit, wo es nur noch scherzen wird!«

Ich fuhr nach England hinüber. Dieselben Streitigkeiten hatten hier dieselben Greuel zur Folge. Fromme Katholiken hatten zum Heil der Kirche beschlossen, den König, die königliche Familie und das ganze Parlament in die Luft zu sprengen, um so England von diesen Ketzern zu befreien. Man zeigte mir die Stelle, wo die selige Königin Maria, die Tochter Heinrichs VIII., mehr als fünfhundert ihrer Untertanen hatte verbrennen lassen. Ein irischer Priester versicherte mir, das sei eine sehr gute Tat gewesen: erstens, weil die Verbrannten Engländer waren, und zweitens, weil sie niemals Weihwasser gebraucht und nicht an das Loch des heiligen Patrick geglaubt hatten. Er wunderte sich sehr, daß die Königin Maria noch nicht heiliggesprochen worden war, aber er hoffte, daß das geschehen würde, sobald sein Neffe, der Kardinal, etwas mehr Zeit hätte.

Ich ging nach Holland, wo ich bei der phlegmatischen Bevölkerung etwas mehr Ruhe zu finden hoffte. Als ich in Den Haag ankam, wurde gerade einem hochehrwürdigen Greis der Kopf abgeschlagen. Es war der Kahlkopf des Premierministers Barnevelt, eines Mannes, der sich die größten Verdienste um die

Republik erworben hatte. Mitleidig fragte ich, welches Verbrechen er begangen und ob er das Land verraten habe. »Er hat weit Schlimmeres getan«, antwortete mir ein Geistlicher im schwarzen Talar. »Dieser Mann glaubte, man könnte das Seelenheil ebenso durch gute Taten wie durch die Kraft des Glaubens erlangen. Sie verstehen wohl: Wenn sich derartige Ansichten allgemein verbreiten sollten, könnte unsere Republik nicht weiterbestehen, und es bedarf strenger Gesetze, um solche schändlichen Lehren nicht aufkommen zu lassen.« Ein weiser holländischer Staatsmann sagte mir mit einem Seufzer: »Ach, mein lieber Herr, diese guten Zeiten werden nicht ewig währen. Durch reinen Zufall sind die Menschen jetzt so glaubenseifrig, doch im Grunde ihres Herzens neigen sie zu dem abschculichen Dogma der Toleranz. Eines Tages wird das Wirklichkeit werden, und ich schaudere, wenn ich nur daran denke.« Ich wartete nicht erst ab, bis diese unheilvolle Zeit der Mäßigung und Nachsicht eintrat, sondern verließ schleunigst das Land, in dem die Strenge durch keinerlei Annehmlichkeit gemildert wurde, und schiffte mich nach Spanien ein.

Der spanische Hof befand sich in Sevilla. Die Galeonen waren gerade angekommen, und alles schwelgte in Überfluß und Freude mitten in der schönsten Jahreszeit. Am Ende einer Allee von Apfelsinen- und Zitronenbäumen gewahrte ich eine Art Arena, die von stufenförmig angeordneten, mit kostbaren Stoffen bezogenen Sitzreihen umgeben war. Der König und die Königin, die Infanten und Infantinnen hatten unter einem prächtigen Baldachin Platz genommen. Der erlauchten Familie gegenüber stand ein anderer, etwas erhöhter Thron. »Wenn dieser zweite Thron nicht für den Herrgott bestimmt ist, so wüßte ich nicht, für wen«, sagte ich zu einem meiner Reisegefährten. Diese unbesonnenen Worte, die ein würdiger Spanier mit anhörte, sollten mir teuer zu stehen kommen. Während ich mir einbildete, wir würden ein Ringelstechen oder einen Stierkampf zu sehen bekommen, erschien der Großinquisitor auf jenem Thron und segnete von oben herab den König und das Volk.

Darauf zog paarweise eine riesige Schar von Mönchen vorbei: weiße, schwarze, graue, beschuhte, barfüßige, bärtige, bartlose, teils mit spitzen Kapuzen, teils mit bloßem Kopf; dann folgte der Henker, und schließlich erschienen, von Häschern und Großwürdenträgern umgeben, etwa vierzig Männer mit Säkken bekleidet, die mit Teufeln und Flammen bemalt waren. Es waren Juden, die beharrlich an ihrem Moses festhielten, ferner Christen, die ihre Gevatterinnen geheiratet hatten, und solche, die Unsere Liebe Frau von Atocha nicht anbeten, und andere, die ihr flüssiges Geld nicht für die Hieronymiten-Brüder hergeben wollten. Feierlich sang man gar schöne Gebete, wonach die für schuldig Befundenen auf kleinem Feuer verbrannt wurden. Alle Mitglieder der königlichen Familie waren davon offenbar sehr erbaut.

Abends, gerade als ich zu Bett gehen wollte, erschienen zwei Beamte der Inquisition bei mir mit Schergen der Heiligen Hermandad. Sie umarmten mich zärtlich und brachten mich ohne ein Wort der Erklärung in ein sehr kühles Verlies, das mit einer Strohpritsche und einem schönen Kruzifix ausgestattet war. Nachdem ich sechs Wochen dort verbracht hatte, ließ mich der ehrwürdige Pater Inquisitor bitten, zu einer Unterredung zu ihm zu kommen. Mit väterlicher Zärtlichkeit schloß er mich in seine Arme und sagte mir, er wäre aufrichtig betrübt gewesen, als er erfuhr, daß ich so schlecht untergebracht war; jedoch wären sämtliche Räume des Hauses besetzt, und er hoffte, daß ich es das nächste Mal bequemer haben würde. Schließlich fragte er mich wohlwollend, ob ich wüßte, weshalb ich hier wäre. Ich antwortete dem ehrwürdigen Pater, daß wahrscheinlich meine Sünden der Grund wären. »Ja, mein liebes Kind, aber welche Sünden? Haben Sie doch Vertrauen zu mir und sprechen Sie sich aus.« Soviel ich auch überlegte, ich konnte es nicht erraten, bis er mir barmherzig auf die Spur half.

Endlich fielen mir meine unbesonnenen Worte ein. Mit einer Geißelung und einer Buße von dreißigtausend Realen kam ich davon und mußte dann dem Großinquisitor meine Verehrung bezeigen. Er war sehr höflich und fragte mich, wie mir das kleine Fest gefallen hätte. Ich antwortete ihm, es wäre entzükkend gewesen, aber ich drängte dann meine Reisegefährten, dieses Land, so schön es auch war, schleunigst zu verlassen. Sie hatten inzwischen genügend Zeit gehabt, sich über all das Große zu unterrichten, das die Spanier im Namen der Religion geleistet haben. Auch die Memoiren des berühmten Bischofs von Chiapas hatten sie gelesen, aus denen hervorging, daß man zum Zwecke der Bekehrung in Amerika zehn Millionen Ungläubige erdrosselt, verbrannt oder ertränkt habe. Meiner Meinung nach übertrieb der Bischof, aber selbst wenn man die Zahl der Opfer auf fünf Millionen herabsetzte, so war das immer noch etwas Bewundernswertes.

Meine Reiselust trieb mich immer weiter. Ich hatte die Absicht, meine europäische Reise mit dem Besuch der Türkei zu beschließen, und so schlugen wir diese Richtung ein. Ich nahm mir fest vor, nie mehr meine Absicht über Festlichkeiten, denen ich beiwohnte, zu äußern. »Die Türken sind Ungläubige, die nicht einmal getauft sind«, sagte ich zu meinen Reisegefährten, »und somit werden sie noch grausamer sein als die ehrwürdigen Patres der Inquisition. Hüllen wir uns daher in Schweigen, wenn wir bei den Mohammedanern sind.«

Ich fuhr also zu den Türken. Außerordentlich überrascht war ich, daß es in der Türkei viel mehr christliche Kirchen gab als in Candia. Ich sah sogar ganze Scharen von Mönchen, die man unbehindert zur

Jungfrau Maria beten ließ, sei es auf lateinisch, griechisch oder armenisch. »Was für gute Seelen sind doch diese Türken«, rief ich aus. Zwischen den griechischen und römischen Christen aber herrschte in Konstantinopel tödliche Feindschaft; diese Sklavenseelen verfolgten einander wie die Hunde, die in den Straßen übereinander herfallen und von ihren Herren mit Stockschlägen auseinandergetrieben werden. Damals unterstützte der Großwesir die Griechen, und als mich der griechische Patriarch beschuldigte, bei dem römischen Patriarchen gespeist zu haben, wurde ich von dem vollzählig versammelten Diwan zu hundert Stockschlägen auf die Fußsohlen verurteilt; allerdings konnte ich mich mit fünfhundert Zechinen loskaufen. Am Tage darauf wurde der Großwesir erdrosselt. Sein Nachfolger, der die Rompartei unterstützte und erst einen Monat später erdrosselt wurde, verurteilte mich zu der gleichen Strafe, weil ich bei dem griechischen Patriarchen zu Abend gegessen hatte. So sah ich mich in die bedauerliche Zwangslage versetzt, die griechische und auch die römische Kirche zu meiden. Zum Trost dingte ich mir eine ungewöhnlich schöne Tscherkessin, die unter vier Augen die zärtlichste und in der Moschee die frömmste Frau der Welt war. Als sie eines Nachts in meinen Armen lag, rief sie im Überschwang der Gefühle: »*Allah il Allah!*« Das sind heilige Worte der Türken, ich aber hielt sie für Liebesworte, und so flüsterte ich ebenfalls zärtlich: »*Allah il Allah*.« – »Oh«, rief sie, »der barmherzige Gott sei gelobt, nun bist du Türke.« Ich erwiderte ihr, daß ich Gott segne, weil er mir so viel Kraft verliehen hatte, und ich wähnte mich über alle Maßen glücklich. Am Vormittag erschien der Imam, um mich zu beschneiden, und da ich Schwierigkeiten machte, hat der Kadi unseres Stadtteils, ein biederer Mann, mir nahegelegt, mich pfählen zu lassen. Mit Hilfe von tausend Zechinen rettete ich meine Vorhaut und mein Hinterteil und entfloh nach Persien mit dem festen Entschluß, niemals wieder in der Türkei einer griechischen oder römischen Messe beizuwohnen und niemals bei einem Schäferstündchen »*Allah il Allah!*« zu rufen.

Als ich in Isfahan ankam, fragte man mich, ob ich für den schwarzen oder für den weißen Hammel sei. Ich erwiderte, mir wäre das vollkommen gleich, vorausgesetzt, daß das betreffende Schaf zartes Fleisch hätte. Nun muß man wissen, daß die Sekte des *weißen* und die des *schwarzen Schafes* sich noch immer in Persien bekämpften. Und da man annahm, ich wollte mich über beide Parteien lustig machen, hatte ich mir schon beim Betreten der Stadt eine höchst unangenehme Affäre auf den Hals geladen. Es kostete mich wieder unzählige Zechinen, bis ich die Schafe los wurde.

Mit einem Dolmetscher drang ich bis nach China vor. Er versicherte mir, daß dies das einzige Land wäre, wo man frank und frei leben könne. Die Tataren hatten sich, nachdem sie unbarmherzig mit Feuer und Schwert gehaust, zu Herren des Landes gemacht. Trotzdem behaupteten die ehrwürdigen Jesuitenpatres einerseits und die verehrungswürdigen Dominikanerpatres andererseits, daß sie viele Seelen für den Herrgott gewönnen; aber kein Mensch merkte etwas davon. Niemals hatte es so eifrige Bekehrer gegeben: Sie verfolgten einander abwechselnd, schrieben Bände voller Verleumdungen nach Rom und bezichtigten sich gegenseitig der Gottlosigkeit und Pflichtvergessenheit, wenn es galt, eine Seele zu gewinnen. Vor allem stritten sie sich heftig über die Art, wie gegrüßt werden sollte. Die Jesuiten wünschten, daß die Chinesen ihre Eltern nach chinesischem Brauch grüßten, die Dominikaner dagegen wollten, daß sie es auf römische Art täten. Es passierte mir, daß mich die Jesuiten für einen Dominikaner hielten und daß ich bei Seiner tatarischen Majestät als päpstlicher Spion denunziert wurde. Der Hohe Rat beauftragte einen Obermandarin, mich festzunehmen und nach feierlichem Landesbrauch zu fesseln. Er gab den Befehl an einen Büttel weiter, und dieser wiederum beauftragte vier Sbirren. Nach hundertvierzig Kniebeugen wurde ich Seiner Majestät vorgeführt. Ich wurde befragt, ob ich päpstlicher Spion sei und ob es wahr wäre, daß dieser Fürst persönlich eintreffen würde, um ihn zu entthronen. Ich antwortete, der Papst sei ein Priester im Alter von siebzig Jahren und wohne viertausend Meilen von Seiner geheiligten tatarisch-chinesischen Majestät entfernt; er hätte ungefähr zweitausend Soldaten, die mit einem Sonnenschirm auf Wache zögen, und er wolle niemanden entthronen, so daß Seine Majestät beruhigt schlafen könnte. Das war das ungefährlichste Abenteuer meines Lebens: Ich wurde lediglich nach Macao verschickt, und von dort schiffte ich mich nach Europa ein.

An der Küste von Golkonda mußte unser Schiff ausgebessert werden. Ich benutzte die Gelegenheit, um den Hof des großen Aurangzeb zu besuchen, von dem man sich in der ganzen Welt geradezu Wunderdinge erzählte. Aurangzeb hielt sich damals in Delhi auf, und ich hatte das Glück, ihn von Angesicht zu Angesicht zu sehen, als er gerade in einer prunkvollen Zeremonie das göttliche Geschenk des Scherîfs von Mekka empfing. Es bestand aus einem Besen, mit dem man das heilige Haus, die Kaaba oder Beit' Allah, ausgefegt hatte, und dieser Besen galt als ein Symbol, das allen Unrat der Seelen auskehrt. Aurangzeb schien seiner nicht zu bedürfen, denn er war der frömmste Mann von ganz Hindostan. Er hatte zwar einen seiner Brüder erdrosselt, seinen Vater vergiftet und zwanzig Radschas und ebenso viele Emire zu Tode foltern lassen, aber das alles hatte nichts zu sagen, und man sprach nur von seiner Frömmigkeit. Er wurde lediglich mit der heiligen Majestät Mulei-Ismail, dem hochherrlichen Kaiser von Marokko, verglichen, der jeden Freitag nach dem Gebet eine Anzahl Köpfe rollen ließ.

Ich sagte kein Wort. Durch meine Reiseerlebnisse war ich klug geworden, und ich war mir bewußt, daß es mir nicht zukam, über diese erlauchten Herrscher zu urteilen. Ein junger Franzose jedoch, mit dem ich zusammen logierte, ließ es, wie ich gestehen muß, an Respekt gegenüber dem Kaiser von Indien und dem von Marokko fehlen. Er erlaubte sich die vorlaute Bemerkung, in Europa gebe es sehr fromme Herrscher, die ihre Staaten gut regierten und regelmäßig zur Kirche gingen, ohne ihre Väter und Brüder umzubringen und ihre Untertanen zu köpfen. Unser Dolmetscher übersetzte diese sträfliche Äußerung des jungen Mannes ins Hindostanische. Auf Grund der Lehren, die mir die Vergangenheit erteilt hatte, ließ ich schleunigst meine Kamele satteln, und wir, das heißt der Franzose und ich, machten uns auf und davon. Später erfuhr ich, daß noch in derselben Nacht die Sendlinge des großen Aurangzeb erschienen, um uns zu verhaften; sie fanden jedoch nur den Dolmetscher. Er wurde auf dem Markt hingerichtet, und alle Höflinge beteuerten ohne Übertreibung, daß er mit Recht den Tod erleide.

Um alle Annehmlichkeiten unseres Kontinents gebührend würdigen zu können, mußte ich als letztes noch Afrika besuchen. Ich bekam es tatsächlich zu sehen, da unser Schiff von Negerpiraten gekapert wurde. Der Kapitän beklagte sich bitter und fragte, warum sie so das Völkerrecht verletzten. »Ihr habt lange Nasen und wir platte«, erwiderte der schwarze

Kapitän. »Euer Haar ist glatt und unsere Wolle ist gekräuselt; Eure Haut ist aschfahl, unsere ebenholzfarbig – folglich müssen wir nach den heiligen Gesetzen der Natur immer und ewig Feinde sein.
Ihr kauft unsere Leute auf den Märkten an der Küste von Guinea wie Lasttiere, um uns dann irgendwelche ebenso mühseligen wie lächerlichen Arbeiten aufzubürden. Ihr treibt uns mit Ochsenziemern an, um uns zu zwingen, den Bergen eine Art gelbe Erde abzugewinnen, die an sich zu nichts nütze ist und noch nicht einmal den Wert einer guten ägyptischen Zwiebel hat. Ebenso zwingen wir Euch, wenn wir Euer habhaft werden und wenn wir die stärkeren sind, als Sklaven unsere Felder zu bestellen, oder wir schneiden Euch Ohren und Nasen ab.«
Gegen eine so weise Rede ließ sich nichts einwenden. Ich zog es vor, das Feld einer alten Negerin zu bestellen, um meine Nase und meine Ohren zu retten. Nach einem Jahr wurde ich losgekauft. Ich hatte nun alles gesehen, was es an Schönem, Gutem und Bewundernswertem auf Erden gibt, und ich beschloß, fortan daheim zu bleiben. Ich verheiratete mich, wurde Hahnrei und erkannte, daß dies der süßeste Zustand des Lebens ist.

MIKROMEGAS

EINE PHILOSOPHISCHE ERZÄHLUNG

EIN BEWOHNER DER STERNENWELT SIRIUS REIST NACH DEM PLANETEN SATURN

Auf einem der Planeten, die um den Fixstern Sirius kreisen, lebte ein geistig hochbegabter junger Mann. Ich hatte die Ehre, ihn auf seiner letzten Reise nach unserem kleinen Ameisenhaufen kennenzulernen. Er hieß Mikromegas – ein Name, der allen Großen wohl ansteht. Der junge Mann war acht Meilen hoch, ich meine: vierundzwanzigtausend Schritt von je fünf Fuß.

Verschiedene Algebraiker, die dem Publikum stets nützlich sein wollen, werden sofort zur Feder greifen und feststellen, daß Herr Mikromegas, Bewohner des Siriuslandes, vom Kopf bis zum Fuß vierundzwanzigtausend Schritt, also hundertzwanzigtausend Fuß maß, wogegen die Erdenbürger kaum fünf Fuß lang sind und unsere Erdkugel einen Umfang von neuntausend Meilen hat. Sie werden, glaube ich, herausfinden, daß die Weltkugel, die Herrn Mikromegas hervorgebracht hat, einen genau einundzwanzig Millionen sechshunderttausendmal größeren Umkreis haben muß als unsere kleine Erde, und das ist auch etwas völlig Einfaches und Übliches in der Natur. Die Staaten einiger deutscher und italienischer Fürsten, die man bequem in einer halben Stunde durchreisen kann, sind im Vergleich zu dem türkischen, moskowitischen oder chinesischen Reich nur ein äußerst schwaches Abbild der wunderbaren Gegensätze, die die Natur in allen ihren Schöpfungen offenbart. Da die Gestalt Seiner Exzellenz die von mir angegebene Höhe hatte, werden alle Maler und Bildhauer mühelos feststellen, daß er einen Leibesumfang von fünfzigtausend Fuß haben mochte – was eine recht hübsche Proportion ergibt.

Seinen geistigen Fähigkeiten nach gehört er zu den gebildetsten Menschen, die wir haben. Er weiß viel und hat sogar manches selbst erfunden. Als er kaum zweihundertfünfzig Jahre zählte und, dem Brauch gemäß, am Jesuitenkollegium seines Planeten studierte, löste er bereits mehr als fünfzig Euklidische Aufgaben – also achtzehn mehr als Blaise Pascal, der, wie seine Schwester berichtete, nachdem er zweiunddreißig spielend gelöst hatte, ein recht mittelmäßiger Mathematiker und sehr schwacher Metaphysiker wurde. Um das vierhundertfünfzigste Jahr – also als er die Kinderschuhe auszog – sezierte er viele jener winzigen Insekten, die unter normalen Mikroskopen nicht sichtbar sind, weil sie unter hundert Fuß im Durchmesser haben. Er schrieb ein sehr interessantes Buch darüber, das ihm jedoch allerhand Unannehmlichkeiten eintrug. Der Mufti seines Landes, ein äußerst unwissender, unleidlicher Kleinigkeitskrämer, entdeckte in seinem Buch verdächtige, anstößige, vermessene, freigeistige und nach Ketzerei riechende Stellen und verfolgte ihn heftig. Es handelte sich dabei um die Frage, ob die Urform der Flöhe auf dem Sirius mit der der Wegschnecken verwandt sei. Mikromegas verteidigte sich sehr geschickt und hatte die Frauen auf seiner Seite. Der Prozeß dauerte zweihundertzwanzig Jahre. Schließlich ließ der Mufti mit Hilfe von Rechtsgelehrten das Buch, das sie nie gelesen hatten, konfiszieren, und dem Autor wurde untersagt, für die Dauer von achthundert Jahren bei Hofe zu erscheinen.

Von einem Hofe verbannt zu sein, an dem nur Klatsch und Kleinigkeitskrämerei herrschte, bereitete ihm wenig Kummer. Er verfaßte ein sehr amüsantes Spottlied gegen den Mufti, der sich das aber nicht weiter zu Herzen nahm. Dann reiste Mikromegas von einem Planeten zum anderen, um, wie man sagt, *Herz und Geist* gründlich zu bilden. Wer nur gewohnt ist, in der Postkutsche oder der Berline zu reisen, würde über die Beförderungsmittel dort oben sicher sehr erstaunt sein, denn wir auf unserem kleinen Schmutzklümpchen begreifen nur das, was bei uns gebräuchlich ist. Mikromegas kannte die Gravitationsgesetze und alle anziehenden und abstoßenden Kräfte ganz ausgezeichnet. Er wußte sich ihrer so gut zu bedienen, daß er einmal einen Sonnenstrahl, ein andermal einen Kometen als Fahrgelegenheit benutzte, um mit seinen Begleitern von Himmelskörper zu Himmelskörper zu gelangen, so wie ein Vogel von Ast zu Ast fliegt. In kurzer Zeit durchquerte er die Milchstraße, aber ich muß gestehen, daß er zwischen ihren Sternen nichts von dem schönen Himmelsgefilde entdeckte, das der hochgeschätzte Vikar Derham, wie er sich rühmte, durch sein Fernrohr gesehen hatte. Ich will nicht etwa behaupten, Herr Derham habe schlecht gesehen – Gott bewahre! Aber Mikromegas war dort und gilt als guter Beobachter – doch ich will niemandem widersprechen! Nach einer wohlberechneten Wendung gelangte Mikromegas auf die Saturnkugel. Sosehr er auch gewohnt war, neue Dinge zu sehen, konnte er sich doch beim Anblick der Winzigkeit dieses Himmelskörpers und seiner Bewohner eines überlegenen Lächelns, das zuweilen auch den Weisesten überkommt, nicht erwehren. Der Saturn ist ja auch kaum neunhundertmal größer als die Erde, und die Saturnbürger sind Zwerge von nur ungefähr tausend Klaftern Höhe. Anfangs machte er sich mit seinen Begleitern etwas lustig darüber, so wie etwa ein italienischer Musiker, wenn er nach Frankreich kommt, über Lullys Musik lachen muß. Da jedoch der Siriusmann einen scharfen Verstand hatte, war er sich sofort darüber klar, daß ein denkendes Wesen durchaus nicht lächerlich zu sein braucht, weil es nur sechstausend Fuß hoch ist. Erst setzte er die Saturnier in Staunen, dann aber freundete er sich mit ihnen an. Eine besonders enge

Freundschaft verband ihn mit dem Sekretär der Saturn-Akademie, einem sehr geistvollen Mann, der selber freilich nichts erfunden hatte, aber über die Erfindungen trefflich zu berichten wußte und leidliche Verschen und gewaltige Berechnungen abfaßte. Um den Lesern Genüge zu tun, möchte ich eine seltsame Unterhaltung wiedergeben, die Mikromegas eines Tages mit dem Herrn Sekretär hatte.

EIN SIRIUSBEWOHNER UNTERHÄLT SICH MIT EINEM SATURNIER

Nachdem Seine Exzellenz sich niedergelegt hatte, damit der Sekretär seinem Gesicht nahe kommen konnte, sagte Mikromegas: »Man muß doch zugeben, daß die Natur recht mannigfaltig ist.« – »Ja«, bestätigte der Saturnier, »die Natur ist wie ein Beet, dessen Blumen ...« – »Ach«, unterbrach der andere, »verschonen Sie mich mit Ihrem Beet.« – »Sie ist«, fuhr der Sekretär fort, »wie eine Versammlung von Blonden und Braunen, deren Haartrachten ...« – »Pah, was habe ich denn mit Ihren Braunen zu schaffen?« fragte der Siriusmann. – »Sie ist dann also wie eine Gemäldegalerie, deren einzelne Werke ...« – »Nein – nein doch«, rief unser Reisender, »die Natur ist immer nur wie die Natur. Warum Vergleiche für sie suchen?« – »Um Ihnen zu gefallen«, antwortete der Sekretär. – »Ich will gar nicht, daß man mir gefällt«, gab Mikromegas zurück, »ich möchte, daß man mich belehrt. Sagen Sie mir zunächst, wieviel Sinne die Menschen auf Ihrer Weltkugel haben.« – »Zweiundsiebzig«, sagte der Akademiker, »und wir klagen tagtäglich, daß wir so wenig haben. Wir bilden uns mehr Bedürfnisse ein, als wir haben, und fühlen uns mit unseren zweiundsiebzig Sinnen, unserem Saturnring und unseren fünf Monden allzu beschränkt, denn trotz unserer Wißbegier und der zahlreichen Leidenschaften, die ihren Ursprung in unseren zweiundsiebzig Sinnen haben, bleibt uns vollauf Zeit, um uns zu langweilen.« – »Das glaube ich schon«, meinte Mikromegas, »denn wir auf unserer Welt haben fast tausend Sinne, und dennoch erfüllt uns ein unbestimmtes Sehnsuchtsgefühl, eine ewige Unruhe, die uns daran mahnt, daß wir recht unbedeutend sind und daß es viel vollkommenere Wesen gibt. Ich bin etwas umhergereist und habe Sterbliche gesehen, die weit unter uns standen, und andere, die uns sehr überlegen waren, aber nirgends habe ich welche getroffen, die nicht mehr Wünsche als tatsächliche Bedürfnisse und mehr Bedürfnisse als Befriedigung hatten. Vielleicht komme ich eines Tages in ein Land, wo es an nichts fehlt, aber bis jetzt hat mir niemand über ein solches Land etwas berichtet.« Der Saturnier und der Siriusmann ergingen sich darauf in allerlei Vermutungen, doch nach vielen geistvollen und ungewissen Betrachtungen kamen sie auf die Tatsachen zurück. »Wie lange lebt man bei euch?«

wollte der Siriusbewohner wissen. – »Ach, sehr kurze Zeit«, erwiderte der kleine Saturnmann. – »Genau wie bei uns«, rief der Siriusmann, »auch wir beklagen uns ständig über die Kürze des Daseins. Das muß ein allgemeines Naturgesetz sein.« – »Leider leben wir nur fünfhundert große Sonnenwenden«, sagte der Saturnier (nach unserer Zeitrechnung wären das beinahe fünfzehntausend Jahre). »Sie sehen wohl, daß das fast in dem Augenblick, da man geboren wird, sterben heißt. Unser Dasein ist ein Punkt, unsere Lebensdauer ein Augenblick, unsere Weltkugel ein Atom. Kaum hat man angefangen, etwas zu lernen, kommt schon der Tod, ehe man noch Erfahrungen gesammelt hat. Ich für mein Teil wage nie, Pläne zu schmieden, ich fühle mich wie ein Wassertropfen in einem unermeßlichen Ozean. Vor allem Ihnen gegenüber schäme ich mich der lächerlichen Figur, die ich in dieser Welt darstelle.«

Darauf antwortete Mikromegas: »Wenn Sie kein Philosoph wären, würde ich fürchten, Sie durch die Mitteilung zu betrüben, daß unser Leben siebenhundertmal länger währt als das eurige. Doch Sie wissen ja, wenn man seinen Körper in Elemente zerfallen lassen und die Natur in einer anderen Gestalt neu beleben muß, was nämlich sterben heißt, wenn dieser Augenblick der Metamorphose eingetreten ist, ist es einerlei, ob man eine Ewigkeit oder einen Tag lang gelebt hat. Ich bin in Ländern gewesen, in denen man tausendmal länger lebt als bei uns, und trotzdem beklagte man sich dort auch. Doch überall gibt es vernünftige Menschen, die ihr Schicksal auf sich nehmen und dem Schöpfer der Natur danken. Er hat über dieses Weltall eine Überfülle von Mannigfaltigkeiten in einer wunderbaren Einheitlichkeit ausgeschüttet. So sind zum Beispiel alle denkenden Wesen verschieden, und doch sind sie im Grunde einander gleich durch ihr Denken und Wünschen. Überall sehen wir Materie, aber auf jeder Weltkugel hat sie verschiedene Eigenschaften. Wie viele solcher verschiedener Eigenschaften stellen Sie an Ihrer Materie fest?« – »Wenn Sie die Eigenschaften meinen, ohne die wir den Fortbestand unserer Weltkugel, so wie sie ist, für unmöglich halten«, sagte der Saturnbewohner, »so zählen wir deren dreihundert, und zwar: Ausdehnung, Undurchdringlichkeit, Beweglichkeit, Anziehung, Teilbarkeit usw.« – »Anscheinend genügt diese geringe Zahl für die Absichten, die der Schöpfer für Ihre kleine Wohnstätte hegte«, sagte unser Reisender. »Ich bewundere seine Weisheit allerorten; überall sehe ich Verschiedenheit, aber zugleich Ausgeglichenheit. Eure Weltkugel ist klein, und klein sind auch die Bewohner. Ihr habt wenig Empfindungen, eure Materie hat wenig Eigenschaften – all das ist das Werk der Vorsehung. Welche Farbe hat, genau betrachtet, eure Sonne?« – »Stark gelblichweiß«, sagte der Saturnier, »und wenn wir einen ihrer Strahlen zerlegen, finden wir, daß er sieben Farben enthält.« – »Unsere Sonne ist eher rötlich«, sagte der Siriusmann, »und wir haben neununddreißig Grundfarben. Keine einzige von all den Sonnen, denen ich nahe gekommen bin, gleicht der anderen, ebensowenig wie bei euch ein Gesicht dem anderen ähnlich sieht.« Nach mehreren Fragen dieser Art erkundigte er sich, wie viele verschiedene Substanzen man auf dem Saturn zähle, und er erfuhr, daß man etwa dreißig annahm: Gott, den Raum, die Materie, die ausgedehnten empfindenden Wesen, die ausgedehnten Wesen, die empfinden und denken, die unausgedehnten denkenden Wesen, die einander durchdringenden Wesen, solche, die sich nicht durchdringen, und so fort. Der Siriusmann, in dessen Heimat man dreihundert Substanzen kannte und der auf seinen Reisen noch dreitausend andere entdeckt hatte, setzte den Saturnphilosophen in maßloses Erstaunen. Nachdem sie einander ein wenig von dem mitgeteilt hatten, was sie wußten, und viel von dem, was sie nicht wußten, und so eine Sonnenwende miteinander verschwatzt hatten, beschlossen sie, gemeinsam eine kleine naturphilosophische Reise zu unternehmen.

DER SIRIUS- UND DER SATURNBEWOHNER GEHEN AUF REISEN

Unsere beiden Philosophen wollten gerade mit einer recht guten Ausrüstung an mathematischen Instrumenten in die Atmosphäre des Saturn hinausfahren, als die Geliebte des Saturniers, die Wind von der Abreise bekommen hatte, weinend herbeistürzte und ihm Vorhaltungen machte. Sie war eine hübsche, kleine Brünette, nur sechshundertsechzig Klafter hoch, aber über ihren Reizen vergaß man ihre kleine Figur. »Du grausamer Mensch, du!« schrie sie. »Erst habe ich dir fünfzehnhundert Jahre widerstanden, und nun willst du mich, nachdem ich mich dir endlich hingegeben und kaum hundert Jahre in deinen Armen verbracht habe, verlassen, um mit einem Riesen aus einer anderen Welt auf Reisen zu gehen! Geh, du bist nur neugierig, von Liebe hast du nie etwas gespürt. Wenn du ein echter Saturnier wärest, würdest du treu sein. Wohin willst du? Was fehlt dir? Unsere fünf Monde irren weniger umher als du, und unser Saturnring wechselt nicht so oft wie du. Jetzt habe ich genug, nie mehr werde ich einen Mann lieben.« Der Philosoph umarmte sie, weinte mit ihr zusammen – Philosophen sind nun einmal so –, und nachdem die Dame in Ohnmacht gefallen war, ging sie davon und tröstete sich mit einem einheimischen Stutzer.

Inzwischen reisten unsere beiden Wißbegierigen ab. Zunächst sprangen sie auf den Saturnring, den sie ziemlich flach fanden, wie das ein berühmter Bewohner unserer kleinen Weltkugel richtig erraten hat. Dann wanderten sie von einem Mond zum anderen, und als an dem letzten ganz dicht ein Komet vorbeiflog, schwangen sie sich mit ihren Dienern und ihren

Instrumenten darauf. Als sie ungefähr hundertfünfzig Millionen Meilen zurückgelegt hatten, stießen sie auf die Trabanten des Jupiter. Sie stiegen auf den Jupiter selbst hinüber und verbrachten dort ein Jahr, in dessen Verlauf sie recht interessante Geheimnisse erfuhren, die in unserer Zeit veröffentlicht worden wären, wenn es keine Herren Inquisitoren gäbe, denn diese fanden einige Behauptungen allzu schroff. Ich habe aber das Manuskript in der Bibliothek des hochwürdigen Erzbischofs von … gelesen, der mir seine Bücher zur Verfügung gestellt hatte.

Doch zurück zu unseren Reisenden. Nachdem sie den Jupiter verlassen hatten, durchquerten sie einen Raum von etwa hundert Millionen Meilen und kamen an dem Planeten Mars vorbei, der bekanntlich fünfmal kleiner ist als unsere kleine Erde. Sie gewahrten zwei Monde dieses Planeten, die bisher noch den Blikken unserer Astronomen entgangen sind. Ich weiß wohl, daß der Pater Castel gegen die Existenz dieser beiden Monde sogar recht ergötzlich schreiben wird, aber ich berufe mich auf diejenigen, die die Analogieschlüsse ziehen können. Diese wackeren Philosophen wissen wohl, wie schwer es dem von der Sonne so weit entfernten Mars fallen würde, ohne diese beiden Monde auszukommen.

Wie dem auch sei, unsere beiden Reisenden fanden den Mars so winzig, daß sie fürchteten, keinen Platz zum Schlafen zu finden, und so setzten sie ihren Weg fort wie zwei Reisende, die ein schlechtes Dorfwirtshaus verschmähen und lieber bis zur nächsten Stadt weiterwandern. Aber unser Siriusmann und sein Gefährte hatten es gar bald zu bereuen. Sie fuhren längere Zeit weiter und fanden nichts. Endlich erspähten sie einen schwachen Schimmer... die Erde; es war wahrlich zum Erbarmen für Leute, die vom Jupiter kamen. Da sie jedoch fürchteten, ein zweites Mal Grund zur Reue zu haben, beschlossen sie, zu landen. Sie begaben sich auf den Schwanz des Kometen, sprangen auf ein Nordlicht, das gerade aufgegangen war, und landeten auf der Erde am nördlichen Ufer der Ostsee am fünften Juli 1737 unserer Zeitrechnung.

WAS IHNEN AUF DER ERDKUGEL WIDERFUHR

Nachdem sie sich eine Weile ausgeruht hatten, verspeisten sie zum Frühstück zwei Berge, die ihnen ihre Leute ziemlich appetitlich zubereitet hatten. Dann wollten sie das kleine Land, in dem sie sich befanden, näher in Augenschein nehmen und gingen zunächst von Norden nach Süden. Die gewöhnlichen Schritte des Siriusmannes und seiner Leute waren ungefähr dreißigtausend Pariser Fuß lang. Der Saturnzwerg lief keuchend hinterher, denn er mußte etwa zwölf Schritte machen, während der andere nur einmal zutrat. Man stelle sich (wenn derartige

Vergleiche überhaupt erlaubt sind) ein kleines Schoßhündchen vor, das einen Hauptmann der königlich-preußischen Garde einholen will.
Da unsere beiden Ausländer ziemlich schnell vorwärts kamen, hatten sie die ganze Erdkugel in sechsunddreißig Stunden umkreist. Die Sonne, oder vielmehr die Erde, macht diese Reise allerdings innerhalb eines Tages, aber man muß bedenken, daß man weit bequemer reist, wenn man sich um seine eigene Achse dreht, als wenn man zu Fuß geht. Schließlich gelangten sie wieder an den Ausgangspunkt zurück, nachdem sie die für sie kaum wahrnehmbare Pfütze, die sich *Mittelländisches Meer* nennt, durchquert hatten und auch den anderen kleinen Teich, der als »Großer Ozean« den Maulwurfshügel umspült. Dem Zwerg war das Wasser bis an die Waden gestiegen, während der Siriusmann sich kaum die Fersen naß gemacht hatte. Sie gaben sich alle erdenkliche Mühe, um herauszubekommen, ob diese Kugel bewohnt war oder nicht. Sie bückten sich, legten sich nieder und tasteten überall herum, aber ihre Augen und Hände standen in keinem Verhältnis zu den kleinen Wesen, die da herumkrochen, und so machten sie nicht die leiseste Wahrnehmung, die sie vermuten lassen konnte, daß wir und unsere Mitbrüder, die anderen Erdbewohner, die Ehre haben zu existieren.
Der Zwerg, der manchmal zu voreilig urteilte, entschied zunächst, daß es auf der Erde kein einziges Lebewesen gebe, weil er niemanden gesehen hatte.

Mikromegas gab ihm höflich zu verstehen, daß sein Urteil schlecht begründet sei. »Denn«, sagte er, »mit Ihren kleinen Augen sehen Sie gewisse Sterne fünfzigster Größe nicht, die ich ganz deutlich wahrnehme. Wollen Sie daraus schließen, daß diese Sterne nicht existieren?« – »Aber ich habe doch gut abgetastet«, behauptete der Zwerg. – »Jedoch schlecht gefühlt«, antwortete der andere. – »Aber«, rief der Zwerg, »diese Weltkugel ist so schlecht gebaut, alles ist so unregelmäßig und so lächerlich geformt! Hier scheint alles ein Chaos zu sein. Sehen Sie sich diese kleinen Bäche an, von denen keiner einen geraden Lauf hat, und die Teiche, die weder rund noch viereckig, noch länglichrund oder irgendwie regelmäßig geformt sind. Und dann all die spitzen Körner, mit denen diese Kugel bespickt ist und die mir die Füße zerschunden haben!« (Er meinte die Berge.) »Beachten Sie auch die ganze Form der Kugel. Wie platt ist sie an den Polen, wie linkisch dreht sie sich um die Sonne, so daß die Polargegenden unbedingt unfruchtbar bleiben müssen. Was mich tatsächlich darin bestärkt, daß hier niemand wohnt, ist der Eindruck, daß vernünftige Leute hier niemals bleiben würden.« – »Nun gut«, meinte Mikromegas, »vielleicht sind es auch keine vernünftigen Leute, die hier wohnen. Jedenfalls hat es den Anschein, als sei dies alles nicht umsonst geschaffen. Sie sagen, Ihnen erscheint hier alles unregelmäßig, weil auf dem Saturn und dem Jupiter alles schnurgerade ist. Vielleicht herrscht gerade aus diesem Grunde hier ein gewisser Wirrwarr. Habe ich Ihnen nicht gesagt, daß ich auf meinen Reisen immer große Mannigfaltigkeit festgestellt habe?« Der Saturnier hatte auf alle diese Begründungen etwas zu entgegnen, und ihr Streit hätte nie ein Ende genommen, wenn Mikromegas zum Glück nicht in der Hitze des Wortgefechtes die Schnur seiner diamantenen Halskette zerrissen hätte. Die Diamanten fielen zu Boden: Es waren hübsche, ziemlich ungleiche Steinchen, von denen die größten vierhundert und die kleinsten fünfzig Pfund wogen. Der Zwerg hob einige auf, und als er sie vor seine Augen hielt, bemerkte er, daß sie durch ihren Schliff ausgezeichnete Vergrößerungsgläser waren. Er suchte sich ein kleines Vergrößerungsglas von hundertsechzig Fuß im Durchmesser heraus und hielt es vor seine Augen. Auch Mikromegas nahm sich eins von zweitausendfünfhundert Fuß im Durchmesser. Sie waren tadellos, aber zunächst sah man durch sie noch nichts; sie mußten erst richtig eingestellt werden. Endlich erblickte der Saturnbewohner etwas kaum Wahrnehmbares, das sich zwischen zwei Wogen der Ostsee bewegte: Es war ein Walfisch. Er ergriff ihn sehr geschickt mit dem kleinen Finger, legte ihn auf den Nagel seines Daumens und zeigte ihn dem Siriusmann, der wiederum über die Winzigkeit der Bewohner unserer Weltkugel lachen mußte. Nun war der Saturnier fest davon überzeugt, daß unsere Weltkugel bewohnt sei, und er kam zu dem

Schluß, daß sie lediglich von Walfischen bewohnt werde. Und da er ein großer Denker vor dem Herrn war, wollte er auch gleich wissen, woher ein so kleines Atom seine Bewegung nähme, ob es Vorstellungen, einen Willen und Freiheit besäße. Mikromegas war dadurch sehr in Verlegenheit gebracht: Er untersuchte das Tier mit viel Geduld, und als Ergebnis dieser Forschung stellte er fest, daß unmöglich eine Seele darin wohnen könne. Die beiden Reisenden kamen also zu der Annahme, daß unserer Bevölkerung jeglicher Geist fehle, als sie plötzlich durch ihre Mikroskope etwas entdeckten, das größer war als ein Wal und auf der Ostsee schwamm. Bekanntlich kehrte gerade zu jener Zeit eine Gruppe von Naturforschern vom Polarkreise zurück, wo sie Beobachtungen angestellt hatten, auf die bisher noch niemand verfallen war. Die Zeitungen berichteten, ihr Schiff sei im Bottnischen Meerbusen gestrandet, und sie hätten sich nur knapp retten können. Aber in dieser Welt kennt man ja nie die Kehrseite der Dinge. Ich will erzählen, wie sich die Sache zutrug, ohne etwas hinzuzufügen – was für einen Geschichtsschreiber keine leichte Sache ist.

ERFAHRUNGEN UND BETRACHTUNGEN DER BEIDEN REISENDEN

Mikromegas langte mit der Hand behutsam nach der Stelle, wo der Gegenstand zu sehen war. Er streckte zwei Finger aus, zog sie aber sofort zurück, aus Angst, fehlzugreifen; dann streckte er sie wieder aus, zog sie zusammen, erfaßte geschickt das Schiff, auf dem sich die Herren befanden, und legte es auf seinen Nagel, in beständiger Furcht, es zu zerdrücken. »Das ist ein ganz anderes Tier als das erste«, rief der Zwerg vom Saturn. Der Siriusbewohner legte das angebliche Tier auf seine flache Hand. Die Passagiere und die Mannschaft, die sich von einem Wirbelwind in die Höhe gehoben glaubten und dachten, sie säßen auf einem Felsen fest, liefen alle hin und her. Die Matrosen nahmen Weinfässer, warfen sie Mikromegas auf die Hand und sprangen ihnen nach. Die Geometer ergriffen ihre Quadranten und Sextanten und kletterten mit ihren lappländischen Mädchen dem Siriusmann auf die Finger hinab. Sie machten so viel Bewegung, daß er schließlich etwas Fingerkitzelndes fühlte: Man hatte ihm nämlich einen eisenbeschlagenen Stock einen Fuß tief in seinen Zeigefinger getrieben. Durch das Stechen merkte er, daß aus dem kleinen Tier etwas auf seine Hand gekrochen sein mußte, aber zuerst konnte er daraus nicht klug werden. Das Vergrößerungsglas, das gerade einen Wal und ein Schiff erkennen ließ, versagte bei einem so unwahrnehmbaren Geschöpf, wie der Mensch es ist. Ich möchte die Eitelkeit von niemandem verletzen, aber ich sehe mich genötigt, die Wichtigtuer zu bitten, mit mir eine kleine Betrachtung anzustellen: Wenn man die Größe der Menschen auf ungefähr fünf Fuß ansetzt, so ist unsere Gestalt auf der Erde nicht größer als auf einer Kugel von zehn Fuß Umfang die eines Tieres, die allerhöchstens ein sechshunderttausendstel Zoll betragen würde. Man stelle sich ein Wesen vor, das unsere Erde in seiner Hand halten könnte und Organe im Verhältnis zu den unseren hätte – es könnte doch sein, daß viele solcher Wesen existieren –, und nun bedenke man, was sie von den Schlachten halten würden, die uns zwei Dörfer eingebracht haben, die aber wieder zurückgegeben werden mußten.

Wenn einmal ein Hauptmann der langen Grenadiere dieses Buch lesen würde, so zweifle ich nicht daran, daß er die Helme seiner Soldaten um wenigstens zwei Fuß höher machen lassen würde. Ich sage ihm aber im voraus: Was er auch anstellen mag, er und seine Leute werden immer unendlich klein bleiben.

Welcher bewundernswerten Feinheit bedurfte also unser Siriusphilosoph, um die Stäubchen, von denen ich spreche, wahrzunehmen: Als Leeuwenhoek und Hartsoeker als erste die Samen sahen – oder zu sehen glaubten –, aus denen wir entstehen, machten sie nicht im entferntesten eine so erstaunliche Entdekkung. Welche Freude empfand Mikromegas, als er diese kleinen Organismen umherwimmeln sah und alle ihre Wendungen und Handlungen untersuchte und verfolgte! Wie schrie er auf, mit welcher Freude drückte er seinem Reisegefährten eins seiner Vergrößerungsgläser in die Hand! »Ich sehe sie!« riefen beide zu gleicher Zeit. »Sehen Sie nicht, wie sie Lasten tragen, sich bücken und sich wieder aufrichten?« Während sie so sprachen, zitterten ihnen die Hände vor Freude, solche neuen Dinge zu sehen, und vor Furcht, sie wieder zu verlieren. Der Saturnier, der vom tiefsten Zweifel in die übertriebenste Gläubigkeit fiel, war der Meinung, daß sie an ihrer Fortpflanzung arbeiteten: »Ha«, rief er, »*ich habe die Natur auf frischer Tat ertappt*!« Aber er ließ sich durch den Schein täuschen, was nur allzuoft geschieht, gleichviel ob man sich eines Vergrößerungsglases bedient oder nicht.

WAS IHNEN BEI DEN MENSCHEN BEGEGNETE

Mikromegas, der ein besserer Beobachter war als sein Zwerg, sah deutlich, daß die Stäubchen miteinander sprachen, und machte seinen Gefährten darauf aufmerksam. Aber da dieser über seinen Irrtum in Sachen der Zeugung beschämt war, wollte er nicht glauben, daß solche Geschöpfe einander Gedanken zum Ausdruck bringen konnten. Er beherrschte Sprachen ebenso wie der Siriusmann, aber er hörte nichts von den Stäubchen, und so folgerte er, daß sie nicht sprechen könnten. Wie sollten denn auch die Sprechorgane dieser unwahrnehmbaren Geschöpfe gestaltet sein, und was hätten sie zu sagen? Um sprechen zu können, muß man denken, jedenfalls beinah denken. Dachten die Stäubchen aber, so mußten sie so etwas wie eine Seele haben; und so etwas wie eine Seele dieser Gattung zuzuschreiben, erschien ihm reichlich albern. »Aber Sie bildeten sich doch zuerst ein, Sie sähen sie beim Liebesakt«, rief der Siriusmann, »glauben Sie denn, man könne sich der Liebe hingeben, ohne zu denken, ohne Worte auszusprechen oder wenigstens ohne sich zu verständigen? Denken Sie denn, es sei schwieriger, einen Beweis in die Welt zu setzen als ein Kind? Für mich ist das eine wie das andere ein großes Rätsel.« – »Ich wage nicht mehr, etwas zu glauben noch etwas zu leugnen«, sagte der Zwerg, »ich habe keine Meinung mehr. Wir müssen diese Käfer erst einmal untersuchen; diskutieren können wir später darüber.« – »Sehr richtig«, erwiderte Mikromegas. Er zog sofort eine Schere hervor, schnitt sich damit die Nägel, rollte aus der abgeschnittenen Nagelspitze seines Daumens etwas wie ein großes Sprachrohr und steckte sich die Spitze wie einen Schalltrichter ins Ohr. Der obere Rand des Trichters umschloß das Schiff und die ganze Besatzung. Die leiseste Stimme drang in die kreisförmig gelagerten Fasern des Nagels ein, so daß unser Philosoph dank seines Erfindergeistes bei sich oben deutlich das Summen der Käfer unten hören konnte. Nach wenigen Stunden konnte er die einzelnen Worte unterscheiden, und schließlich verstand er Französisch. Der Zwerg brachte es ebenfalls fertig, aber mit viel mehr Mühe. Die Verwunderung der beiden Reisenden nahm immer mehr zu. Sie hörten, wie die Milben ziemlich vernünftig sprachen; dieses Naturspiel erschien ihnen unbegreiflich. Man kann sich wohl denken, daß der Siriusmann und sein Zwerg vor Ungeduld brannten, mit den winzigen Wesen ein Gespräch anzuknüpfen, der Zwerg fürchtete aber, daß seine Donnerstimme und besonders die des Mikromegas die Milben so betäuben würde, daß sie nichts verstehen könnten. Die Stimmen mußten also gedämpft werden. Unsere Reisenden steckten sich eine Art Zahnstocher in den Mund, deren dünne Enden bis zum Schiff hinunterreichten. Der Siriusmann nahm den Zwerg auf die Knie und das Schiff mit der Besatzung auf einen Fingernagel, dann beugte er den Kopf hinab und flüsterte etwas. Nach all diesen und noch vielen anderen Vorsichtsmaßregeln begann er endlich seine Rede: »Ihr unsichtbaren kleinen Käfer, euch hat die Hand des Schöpfers im Abgrund des Unendlichkleinen geschaffen. Ich danke ihm für die Gnade, daß er mir Geheimnisse, die ich für unergründlich hielt, offenbart hat. Vielleicht würde man euch an unserem Hofe nicht gern anschauen, aber ich verachte niemanden und biete euch meinen Schutz an.«

Wenn es jemals erstaunte Wesen gegeben hat, so waren es die Menschenkinder, die diese Worte vernahmen. Sie konnten sich nicht erklären, woher sie kamen. Der Schiffskaplan sagte Teufelsbeschwörungsgebete her, die Matrosen fluchten, und die Naturwissenschaftler stellten rasch ein System auf, mit dessen Hilfe sie jedoch nicht erforschen konnten, wer zu ihnen sprach. Der Saturnzwerg, der eine leisere Stimme hatte als Mikromegas, setzte ihnen in kurzen Worten auseinander, mit welchen Wesen sie es zu tun hatten. Er berichtete ihnen von der Reise vom Saturn, machte sie mit Mikromegas bekannt und fragte, nachdem er sie wegen ihrer Kleinheit bedauert hatte, ob sie sich stets in diesem beklagenswerten Zustande des Fastnichtseins befunden hätten, ferner was sie auf einer Weltkugel trieben, die doch Walfischen zu gehören scheine, ob sie glücklich seien, ob sie sich vermehrten, ob sie eine Seele hätten. Noch hunderterlei andere Fragen stellte er ihnen.

Ein Besserwisser aus der Naturforscherschar, der beherzter als die anderen und überdies verletzt war, daß man an seiner Seele zweifelte, beobachtete den Fragesteller durch einen auf einen Quadranten gestellten Diopter. Er wechselte zweimal den Standort und sprach dann vom dritten aus: »Sie bilden sich wohl ein, Herr, weil Sie tausend Klafter vom Kopf bis zu den Füßen messen, seien Sie …« – »Tausend Klafter!« rief der Zwerg. »Gerechter Gott, woher kann er meine Größe wissen? Tausend Klafter! Er irrt sich nicht um einen Zoll. Was, dieses Stäubchen hat mich gemessen? Er ist Geometer, weiß meine Größe, und ich sehe ihn erst durch das Mikroskop und kenne seine Größe nicht!« – »Jawohl, ich habe Sie gemessen«, sagte der Physiker, »und ich könnte gern auch noch Ihren großen Begleiter messen.« Der Vorschlag wurde angenommen. Seine Exzellenz streckte sich der Länge nach aus, denn wäre er aufrecht stehen geblieben, so hätte sein Kopf zu sehr in die Wolken geragt. Unsere Naturforscher steckten ihm einen großen Baum an einen Ort, den der Doktor Swift zwar ungeniert bezeichnen würde, den ich aber aus tiefer Achtung vor den Damen nicht nennen möchte. Dann kamen die Wissenschaftler mit Hilfe einer Reihe zusammengesetzter Dreiecke zu dem Schluß, daß sie einen jungen Mann von hundertzwanzigtausend Fuß Höhe vor sich hätten.

Daraufhin äußerte Mikromegas: »Ich sehe mehr denn je ein, daß man niemals etwas nach seiner scheinbaren Größe beurteilen darf. O Gott, der Du Wesen, die so verächtlich erscheinen, mit Vernunft begabt hast, Dir macht das Unendlichkleine ebensowenig aus wie das Unendlichgroße. Und sollte es noch kleinere Wesen geben als diese hier, so könnten sie sogar einen höheren Verstand haben als jene wunderbaren Tiere, die ich im Himmel gesehen habe und deren einer Fuß allein diese Weltkugel bedecken würde, zu der ich hinuntergestiegen bin.«

Einer der Wissenschaftler gab ihm zur Antwort, er

könne mit Bestimmtheit annehmen, daß es in der Tat noch viel kleinere vernunftbegabte Wesen gäbe als den Menschen. Er trug ihm zwar nicht alles vor, was Vergil an Sagenhaftem von den Bienen erzählt hatte, aber was Swammerdam entdeckt und was Réaumur seziert hatte. Schließlich erklärte er ihm, daß es Tiere gäbe, die für die Bienen das seien, was die Bienen für den Menschen sind, und das, was der Siriusbewohner selbst für jene unendlich großen Tiere sei, von denen er gesprochen, und was wiederum diese großen Tiere für andere Wesen bedeuten, denen sie wie Stäubchen erscheinen. Die Unterhaltung wurde interessant. Mikromegas sagte:

GESPRÄCH MIT DEN MENSCHEN

»Oh, ihr klugen Stäubchen, an denen es dem ewigen Wesen gefallen hat, seine Kunst und seine Macht kundzutun, ihr könnt sicher reine Freuden auf eurer Weltkugel genießen, denn da ihr so wenig Materie an euch habt und ganz aus Geist zu bestehen scheint, müßt ihr doch euer Leben damit verbringen, zu lieben und zu denken, denn das ist das wahre Leben der Geistigen. Nirgendwo habe ich wahre Glückseligkeit angetroffen, doch hier muß sie herrschen!« Auf diese Worte hin schüttelten alle Wissenschaftler den Kopf, und einer von ihnen, der freimütiger war als die anderen, gestand treuherzig, daß, mit Ausnahme einiger wenig angesehener Erdbewohner, die übrigen eine Schar von Narren, Bösewichtern und armen Teufeln seien. »Wir tragen mehr Stoff mit uns herum«, sagte er, »als uns nötig ist, um viel Böses zu tun – falls das Böse vom Stoff herkommt, und wir haben zu viel Geist, falls das Böse dem Geist entspringt. Ist Ihnen zum Beispiel bekannt, daß gerade jetzt, da ich mit Ihnen spreche, hunderttausend Narren unserer Art mit Hüten auf den Köpfen hunderttausend andere Geschöpfe, die Turbane tragen, töten oder von ihnen niedergemetzelt werden und daß sich etwas Derartiges seit undenklichen Zeiten fast auf der ganzen Erde abspielt?« Der Siriusmann fragte schaudernd, aus welchem Grund diese gebrechlichen Wesen solche entsetzlichen Kämpfe gegeneinander führten. »Es handelt sich«, erklärte ihm der Naturforscher, »um ein paar Schmutzhaufen, die so groß sind wie Ihre Absätze. Nicht etwa, daß ein einziger von diesen Millionen Menschen, die sich umbringen lassen, auch nur einen Strohhalm von diesem Erdhaufen beanspruchte. Es gilt nur, festzustellen, ob er einem gewissen Mann, der *Sultan* genannt wird, gehört oder einem anderen, den man, ich weiß nicht warum, nach *Cäsar* nennt. Weder der eine noch der andere hat jemals dieses Fleckchen Erde gesehen und wird es auch nie sehen, und wohl keines der Geschöpfe, die sich gegenseitig erschlagen, hat je das Wesen erblickt, für das sie sich töten lassen.«

»O diese Unglücklichen!« rief der Siriusbewohner

empört. »Kann man denn ein solches Übermaß an sinnloser Raserei fassen! Mich kommt wahrlich die Lust an, drei Schritte zu machen und mit drei Fußtritten diesen ganzen Ameisenhaufen lächerlicher Mordgesellen zu zerstampfen.« – »Geben Sie sich nicht die Mühe«, war die Antwort, »sie arbeiten selbst genug an ihrem Untergang. Bedenken Sie, daß nach dem Verlauf von je zehn Jahren immer nur der hundertste Teil dieser Schurken übrigbleibt. Und hätten sie auch das Schwert nicht gezogen, so würden sie Unbilden, Hunger und Erschöpfung dahinraffen. Überdies verdienen nicht sie es, bestraft zu werden, sondern jene barbarischen Stubenhocker, die von ihrem Kabinett aus um die Zeit ihrer Verdauung das Gemetzel von einer Million Menschen anordnen und danach Gott dafür feierlich danken lassen.« Der Reisende fühlte sich von Mitleid für die kleine Menschenrasse ergriffen, bei der er so erstaunliche Widersprüche entdeckte. »Da ihr zu der kleinen Zahl der Weisen gehört«, sagte er zu den Herren, »und offenbar niemanden für Geld tötet, so sagt mir bitte, womit ihr euch beschäftigt.« – »Wir sezieren Fliegen«, antwortete der Naturforscher. »Wir messen Linien, wir stellen Zahlen zusammen, wir sind uns in zwei oder drei Punkten, die wir begriffen haben, einig, und über zwei- oder dreitausend Punkte, die wir nicht erfaßt haben, streiten wir uns.« Da kam dem Siriusmann und dem Saturnier der Einfall, den denkenden Stäubchen allerlei Fragen zu stellen, um zu erfahren, in welchen Dingen sie miteinander einig seien. »Wie groß schätzen Sie die Entfernung vom Hundsstern bis zum großen Stern der Zwillinge?« wurde gefragt. »Zweiunddreißig und einen halben Grad«, antworteten alle gleichzeitig. »Wie weit rechnet ihr von hier aus bis zum Mond?« – »Rund sechzig Halbmesser.« – »Wieviel wiegt eure Luft?« Er glaubte, sie gefangen zu haben, aber alle antworteten, die Luft wöge ungefähr neunhundertmal weniger als ein gleiches Volumen leichtesten Wassers und neunzehntausendmal weniger als Dukatengold. Der Kleine war über ihre Antworten dermaßen erstaunt, daß er sich versucht fühlte, dieselben Menschen, denen er vor einer Viertelstunde den Besitz einer Seele abgesprochen hatte, jetzt für Hexenmeister zu halten.

Schließlich sagte Mikromegas zu ihnen: »Da ihr so gut Bescheid über das wißt, was um euch ist, so kennt ihr wahrscheinlich das, was in euch ist, noch besser. Sagt mir, wie eure Seele ist und auf welche Weise ihr eure Gedanken bildet.« Die Gelehrten redeten wie vorher alle auf einmal, aber alle waren verschiedener Meinung. Der Älteste zitierte Aristoteles, ein anderer sprach den Namen Descartes aus, wieder ein anderer sprach von Malebranche, ein vierter von Leibniz, ein fünfter von Locke. Ein alter Peripatetiker rief ganz laut und selbstherrlich: »Die Seele ist eine Entelechie und eine Vernunft, demgemäß sie die Macht hat, das zu sein, was sie ist. Dies erklärt ausdrücklich Aristoteles auf Seite 633 der Louvre-Ausgabe: *Ἐντελέχεια ἐστί*, usw.« – »Griechisch verstehe ich nicht besonders gut«, sagte der Riese. »Ich auch nicht«, bemerkte die Gelehrten-Milbe. »Warum zitieren Sie dann einen gewissen Aristoteles auf griechisch?« fragte der Siriusbewohner. »Darum, weil man das, was man nicht begreift, in der Sprache zitieren muß, die man am wenigsten versteht«, erwiderte der Gelehrte.

Nun ergriff der Cartesianer das Wort und sagte: »Die Seele ist eine reine Geistigkeit, die schon im Schoße ihrer Mutter alle metaphysischen Ideen empfangen hat und die, wenn sie ihn verlassen hat, in die Schule gehen und alles neu lernen muß, was sie so gut wußte und niemals wieder wissen wird.« – »Dann verlohnte es sich also nicht«, meinte das Achtmeilengeschöpf, »daß deine Seele im Schoße deiner Mutter schon so wissend war, wenn du mit dem Bart am Kinn so unwissend bleiben mußt. Doch was verstehst du unter Geist?« – »Was fragen Sie mich da?« rief der Denker. »Ich habe keine Ahnung. Man sagt, er sei nicht Materie.« – »Weißt du denn wenigstens, was Materie ist?« – »Gewiß!« erwiderte der Mensch. »Dieser Stein zum Beispiel ist grau, hat eine bestimmte Form und seine drei Dimensionen, hat Schwere und ist teilbar.« – »Nun«, rief der Siriusbewohner, »dieser Gegenstand, der dir teilbar, schwer und grau erscheint – kannst du mir sagen, was es ist? Du siehst nur einige Eigenschaften, aber erkennst du das Wesen dieses Dinges?« – »Nein«, erwiderte der andere. »Also weißt du nicht, was Materie ist!«

Herr Mikromegas richtete nun das Wort an einen anderen Gelehrten, den er auf seinem Daumen hielt. Er fragte ihn, was seine Seele sei und was sie täte. »Gar nichts«, antwortete der Malebranche-Philosoph, »Gott tut alles für mich, in ihm sehe ich alles, ich tue alles in ihm: Er bewirkt alles ohne mein Dazutun.« – »Nicht existieren käme auf dasselbe heraus«, entgegnete der Weise vom Sirius. »Und du, mein Freund«, wandte er sich an seinen Leibnizianer, der gerade da war, »was ist deine Seele?« – »Sie ist«, erwiderte der Leibnizianer, »ein Zeiger, der die Stunden angibt, während mein Körper die Glocken läuten läßt, oder wenn Sie wollen, läßt auch meine Seele die Glocken läuten, während mein Körper die Stunden anzeigt. Oder aber: meine Seele ist ein Spiegel des Weltalls, und mein Körper ist der Rahmen des Spiegels – das ist doch völlig klar!«

Ein kleiner Anhänger von Locke stand daneben, und als schließlich auch das Wort an ihn gerichtet wurde, sagte er: »Ich weiß nicht, auf welche Weise ich denke, aber ich weiß, daß ich niemals anders gedacht habe als auf Anregung meiner Sinne. Ich zweifle nicht daran, daß es unkörperliche und vernunftbegabte Wesen gibt; daß es aber Gott unmöglich sein sollte, der Materie Geist zu verleihen, bezweifle ich stark. Ich verehre die ewige Macht, und es steht mir nicht zu, ihr Grenzen zu ziehen. Ich bejahe nichts, ich begnüge mich zu glauben, daß mehr Dinge möglich sind, als man annimmt.«

Das Siriuswesen lächelte: Er fand diesen Mann durchaus nicht unweise. Der Saturnzwerg hätte den Locke-Anhänger am liebsten in seine Arme geschlossen, wenn das Mißverhältnis ihrer Größe nicht so ungeheuer gewesen wäre. Zum Unglück aber war noch ein anderes winziges Tierchen mit viereckiger Mütze da, das allen anderen philosophischen Tierchen das Wort abschnitt. Es sagte, ihm sei das ganze Geheimnis bekannt, denn es stände in den ›Summen‹ des Thomas von Aquino. Es sah die beiden Himmelsbewohner vom Kopf bis zu den Füßen an und erklärte ihnen, daß sie selber, ihre Monde, ihre Sonnen und ihre Sterne, einzig und allein für den Menschen gemacht seien. Bei dieser Bemerkung fielen unsere beiden Reisenden einer auf den anderen. Sie erstickten beinah vor nicht zu unterdrückendem Lachen, das nach Homer das Erbteil der Götter ist. Ihre Schultern und ihre Bäuche wackelten, und bei diesen Lachkrämpfen fiel das Schiff vom Nagel des Siriusmannes in eine Hosentasche des Saturniers. Die beiden gutmütigen Riesen suchten lange danach. Endlich fanden sie die Besatzung wieder und stellten sie fein säuberlich auf die Beine. Der Mann vom Sirius nahm die kleinen Milben wieder auf die Hand und sprach ihnen noch mit viel Güte zu, obwohl er im Grunde seines Herzens etwas erbost darüber war, daß die unendlich kleinen Wesen einen fast unendlich großen

Dünkel hatten. Er versprach ihnen, ein schönes wissenschaftliches Buch für sie zu schreiben, und zwar ein winzig kleines, das für ihren Gebrauch geeignet sei. Aus diesem Buche sollten sie den Endzweck aller Dinge erfahren. Und vor seiner Abreise überreichte er ihnen tatsächlich dieses Buch, das nach Paris in die Akademie der Wissenschaften gebracht wurde. Als aber der Sekretär es aufschlug, fand er nur leere Blätter. »Ha«, rief er, »*das hatte ich geahnt*!«

DER WEISSE UND DER SCHWARZE

Jedermann in der Provinz Kandahar kennt die Geschichte des jungen Rustam. Er war der einzige Sohn eines Mirza, und zwar entspricht dieser afghanische Titel dem französischen Titel »Marquis« und dem deutschen »Baron«. Der Mirza, sein Vater, hatte ein beträchtliches Vermögen. Der junge Rustam sollte ein Fräulein seines Standes, eine Mirzessin, heiraten. Beide Familien wünschten es sehnlichst, denn Rustam sollte der Trost seiner Eltern werden, er sollte seine Frau glücklich machen und selber mit ihr glücklich werden.

Das Unglück wollte es aber, daß er auf dem Jahrmarkt in Kabul die Prinzessin von Kaschmir sah. Dieser Markt ist bekanntlich der größte der Welt, und er wird weit stärker besucht als die Märkte von Basra und Astrachan. Aus welchem Grunde der alte Fürst von Kaschmir mit seiner Tochter auf den Jahrmarkt gekommen war, will ich gleich erzählen: Er hatte nämlich die beiden kostbarsten Stücke seines Schatzes verloren: Das eine war ein daumengroßer Diamant, in den das Bildnis seiner Tochter eingeschnitten war – eine Kunst, die die Inder damals beherrschten, aber seitdem verlernt haben; das andere war ein Wurfspieß, der von selbst dorthin flog, wo-

hin man ihn haben wollte – so etwas ist bei uns nichts Außergewöhnliches, wohl aber in Kaschmir.
Diese beiden Kleinodien hatte ein Fakir Seiner Hoheit entwendet und hatte sie der Prinzessin geschenkt. »Hütet diese beiden Stücke sorgfältig«, sprach er zu ihr, »Euer Schicksal hängt davon ab.« Er ging davon, und man sah ihn niemals wieder. Der Fürst von Kaschmir beschloß in seiner Verzweiflung, auf dem Markt von Kabul nachzuforschen, ob unter den Kaufleuten, die aus aller Herren Länder dort zusammenkamen, nicht einer war, der seinen Diamanten und seinen Spieß hatte. Er pflegte auf allen seinen Reisen seine Tochter mitzunehmen. Sie trug den Diamanten in ihrem Gürtel wohlverwahrt, den Spieß aber, den sie nicht bei sich verbergen konnte, hatte sie sorgsam in ihrem großen chinesischen Koffer eingeschlossen und in Kaschmir zurückgelassen.
Die Prinzessin und Rustam sahen sich zum ersten Mal in Kabul, und sie verliebten sich ineinander mit aller Unschuld ihrer Jugend und der Glut ihrer Rasse. Die Prinzessin übergab ihm als Liebespfand ihren Diamanten, und Rustam versprach ihr, als er zurückkehrte, sie heimlich in Kaschmir zu besuchen.
Der junge Mirza hatte zwei Günstlinge, die bei ihm als Sekretäre, Stallmeister, Haushofmeister und Kammerdiener angestellt waren. Der eine hieß Topas; er war schön, gut gewachsen, weiß wie eine Tscherkessin, sanft und diensteifrig wie ein Arme-

nier und weise wie ein Parse. Der andere, der Eben hieß, war ein ausnehmend hübscher Neger. Er war noch geschickter und tüchtiger als Topas, und für ihn gab es überhaupt keine Schwierigkeiten. Diesen beiden teilte der junge Mirza seinen Reiseplan mit: Topas suchte ihn davon abzubringen, mit dem behutsamen Eifer eines Dieners, der nicht Unwillen erregen möchte. Er hielt ihm alles vor, was er aufs Spiel setzen würde. Durfte er denn zwei Familien in Verzweiflung stürzen und seinen Eltern einen Dolch ins Herz stoßen? Rustam schwankte, aber Eben bestärkte ihn wieder und zerstreute alle seine Bedenken.
Dem jungen Mirza fehlte das Geld für diese weite Reise. Der weise Topas hätte ihm auch keines dafür verschafft, aber Eben tat es. Er entwendete seinem Herrn geschickt den Diamanten und ließ einen ganz gleichen, falschen Stein anfertigen. Er legte ihn an die Stelle des echten, den er für mehrere tausend Rupien an einen Armenier verpfändete.
Als der Edelmann seine Rupien bekam, war schon alles reisefertig. Das Gepäck wurde einem Elefanten aufgeladen, und man stieg zu Pferde. Topas sagte zu seinem Herrn: »Ich habe mir erlaubt, Euch wegen Eures Unternehmens Vorhaltungen zu machen. Aber nachdem ich gewarnt habe, muß ich nun gehorchen. Ich bin Euer Diener, ich habe Euch gern und will Euch bis ans Ende der Welt folgen. Laßt uns aber unterwegs das Orakel befragen, das zwei persische Meilen von hier entfernt ist.« Rustam ging darauf

ein, und das Orakel sprach: »*Gehst du gen Osten, so wirst du im Westen sein.*« Rustam verstand nichts von diesem Spruch. Topas blieb dabei, er bedeute nichts Gutes; der stets willfährige Eben jedoch redete seinem Herrn ein, er sei ausnehmend günstig.

In Kabul gab es noch ein zweites Orakel, und sie begaben sich auch dorthin. Das Orakel von Kabul äußerte sich folgendermaßen: »*Wenn du besitzest, wirst du nicht besitzen; bist du Sieger, so wirst du nicht siegen; bist du Rustam, so wirst du es nicht mehr sein.*« Dieser Orakelspruch erschien noch unverständlicher als der erste. »Nehmt Euch in acht!« sagte Topas. »Fürchtet nichts!« rief Eben, und diesem Diener gab sein Herr, wie man sich denken kann, stets recht, denn er stachelte seine Leidenschaft und seine Hoffnungen an.

In einem großen Wald, den die Karawane durchzog, nachdem sie Kabul verlassen hatte, ließ man die Pferde grasen und setzte sich auf dem grünen Waldboden nieder, um zu essen. Als die Mundvorräte und das Geschirr vom Elefanten abgeladen werden sollten, merkte man plötzlich, daß Topas und Eben verschwunden waren. Man rief und rief nach ihnen, und der Wald hallte von den Namen Topas und Eben wider. Die Diener suchten sie überall, der Wald war erfüllt von ihren Rufen, doch sie kamen zurück, ohne etwas gesehen oder gehört zu haben. »Wir haben nur«, berichteten sie Rustam, »einen Geier gefunden, der mit einem Adler kämpfte und ihm alle Federn ausriß.« Die Schilderung dieses Kampfes reizte Rustams Neugierde, und er begab sich zu Fuß an die beschriebene Stelle. Weder Geier noch Adler waren zu sehen, aber er gewahrte plötzlich, daß sein noch mit Gepäck über und über beladener Elefant von einem riesengroßen Nashorn angegriffen wurde. Das eine Tier stieß mit seinem Horn, das andere schlug mit seinem Rüssel. Beim Anblick Rustams ergriff das Nashorn die Flucht. Man brachte den Elefanten zurück, aber die Pferde waren nicht mehr zu finden. »Seltsame Dinge widerfahren einem auf der Reise in diesem Wald«, rief Rustam. Die Diener waren bestürzt, und der Herr war voller Verzweiflung darüber, daß er auf einen Schlag seine Pferde, seinen lieben Neger und den weißen Topas verloren hatte, diesen Topas, für den er so viel übrighatte, obwohl er nicht immer seiner Meinung war.

Ihn tröstete jedoch die Hoffnung, bald zu Füßen seiner schönen Prinzessin von Kaschmir zu liegen. Plötzlich begegnete er einem großen gestreiften Esel, dem ein stämmiger Bauernlümmel unzählige Stockhiebe versetzte. Nichts ist so schön, so leichtfüßig und so selten wie dieser gestreifte Esel. Auf die immer heftigeren Hiebe des Unholdes antwortete der Esel mit Hufschlägen, die eine Eiche hätten entwurzeln können. Der junge Mirza nahm vernünftigerweise Partei für den Esel, der ein so herrliches Geschöpf war. Der Bauernlümmel lief davon und rief dem Esel zu: »Das sollst du mir büßen!« Der Esel dankte dem

Befreier in seiner Sprache, drängte sich an ihn, ließ sich streicheln und schmiegte sich schmeichelnd an ihn. Nachdem Rustam sein Mahl verzehrt hatte, saß er auf und schlug mit seiner Dienerschaft den Weg nach Kaschmir ein: die einen zu Fuß, die anderen auf dem Elefanten.

Kaum saß er auf dem Esel, da wandte sich das Tier, anstatt den Weg nach Kaschmir einzuschlagen, zurück nach Kabul. Vergeblich zog sein Herr die Zügel an, stieß und pufftе, drückte mit den Schenkeln, gab die Sporen, zerrte und riß an der Leine, peitschte nach rechts und links – unentwegt lief das störrische Tier auf Kabul zu.

Rustam geriet in Schweiß, mühte sich ab und war der Verzweiflung nahe, als ein Kamelhändler des Weges kam. »Herr«, sagte er. »Ihr habt da einen recht bösen Esel, der Euch dahin bringt, wohin Ihr gar nicht wollt. Wenn Ihr ihn mir überlassen möchtet, könnt Ihr Euch vier meiner Kamele auswählen.« Rustam dankte der Vorsehung für den guten Tausch. »Topas hatte doch unrecht«, rief er, »als er mir sagte, daß meine Reise unglücklich verlaufen würde.« Er bestieg das beste Kamel, und die drei anderen folgten ihm; so holte er seine Karawane wieder ein und sah sich auf dem Wege zu seinem Glück.

Als er vier persische Meilen vorangekommen war, wurde ihm der Weg von einem tiefen, breiten, reißenden Strom versperrt, der gischtumspülte Felsblöcke dahinrollte. Entsetzlich steil herabfallende

Ufer flankierten ihn, so daß einen Schwindel befiel und der Mut verließ. Keine Möglichkeit gab es hinüberzukommen, keine nach rechts oder links auszuweichen. »Ich fange an zu fürchten«, sagte Rustam, »daß Topas recht hatte, als er gegen meine Reise war, und daß es von mir sehr unrecht war, sie zu unternehmen. Wenn er hier wäre, könnte er mir wenigstens einen guten Rat geben. Hätte ich Eben bei mir, könnte er mich trösten und Auswege finden, aber alles hat mich im Stich gelassen.« Seine Verwirrung wurde noch durch die Bestürzung unter der Karawane verstärkt. Pechschwarz war die Nacht, und man verbrachte sie unter lautem Jammern. Schließlich schläferten Übermüdung und Niedergeschlagenheit den verliebten Reisenden ein. Beim Morgengrauen erwachte er und erblickte eine herrliche Marmorbrükke, die von einem Ufer zum andern über den Strom geschlagen war.

Ausrufe, Schreie der Freude und Verwunderung erschollen: »Wie ist das nur möglich! Ist es ein Traum! Welch ein Wunder! Wie entzückend! Sollen wir uns hinüberwagen?« Die ganze Schar kniete nieder, erhob sich, schritt zur Brücke, küßte den Boden, blickte zum Himmel empor, streckte die Arme aus, setzte zitternd die Füße auf, machte einen Schritt vorwärts, dann einen zurück – alle waren außer sich. »Diesmal ist mir der Himmel günstig!« rief Rustam. »Topas wußte nicht, was er sagte. Die Orakel sprachen zu meinen Gunsten. Eben hatte recht; aber warum ist er

nicht bei mir?« Kaum waren sie alle jenseits des Stromes, da stürzte die Brücke mit furchtbarem Getöse zusammen. »Um so besser!« rief Rustam. »Gott sei gelobt! Gott sei gepriesen! Er will nicht, daß ich in mein Land zurückkehre, wo ich nur ein einfacher Edelmann geblieben wäre. Ich soll diejenige heiraten, die ich liebe, und dann werde ich Fürst von Kaschmir sein! Wenn ich meine Geliebte *besitze*, werde ich meine kleine Grafschaft in Kandahar nicht mehr *besitzen. Ich bin Rustam und bin es doch nicht mehr*, denn ich werde ein mächtiger Fürst. So läßt sich ein großer Teil des Orakelspruches zu meinen Gunsten auslegen, der Rest wird sich von selbst erklären. Ich bin überglücklich! Doch warum ist Eben nicht bei mir? Ich vermisse ihn tausendmal mehr als Topas.«
Voller Begeisterung zog er einige persische Meilen weiter. Als der Tag zur Neige ging, erhob sich plötzlich vor der furchtgeschüttelten Karawane eine Bergkette, steiler als ein Festungswall und höher, als der Turm von Babel je geworden wäre.
»Gott will, daß wir umkommen!« schrien sie. »Er hat die Brücke nur zertrümmert, um uns jede Möglichkeit einer Rückkehr zu nehmen, und das Gebirge steht vor uns, damit wir nicht weiterkommen. O unglücklicher Rustam! Niemals werden wir Kaschmir sehen, niemals werden wir den Boden von Kandahar wieder betreten.«
Der brennendste Schmerz, die überwältigendste Niedergeschlagenheit folgten in Rustams Seele auf die

maßlose Freude, die er empfunden, und auf die Hoffnungen, die ihn berauscht hatten: Jetzt war er weit davon entfernt, die Prophezeiungen zu seinen Gunsten zu deuten. »O Himmel! O himmlischer Vater! Warum mußte ich meinen Freund Topas verlieren!« Während er diese Worte unter tiefen Seufzern aussprach und, von seinem verzweifelten Gefolge umgeben, Tränen vergoß, öffnete sich plötzlich der Schoß der Berge vor ihm, und ein langer, gewölbter, von hunderttausend Fackeln erhellter Gang dehnte sich vor seinen geblendeten Augen aus. Rustam schrie auf, seine Leute warfen sich auf die Knie und fielen vor Erstaunen um. Sie waren außer sich vor Freude und konnten sich nicht satt sehen. »Rustam ist ein Günstling Wischnus und der Liebling Brahmas!« riefen sie. »Er wird der Herr der Welt werden!« Rustam glaubte das natürlich. Er war außer sich und fühlte sich hoch über sich selbst erhoben. »Ach, Eben, mein lieber Eben, wo bist du? Warum kannst du nicht Zeuge all dieser Wunder sein? Wie konnte ich dich nur verlieren? Schöne Prinzessin von Kaschmir, wann werde ich Eure Reize wieder erblicken?« Er zog mit seinen Dienern, seinem Elefanten und seinen Kamelen durch das Berggewölbe, und auf der anderen Seite kam er auf eine blumenübersäte Wiese, die von Bächen umzogen war. Am Ende dieser Wiese liefen unendlich lange, von Bäumen eingerahmte Wege bis zu einem Fluß, an dessen Ufern viele Landhäuser mit wunderbaren Gärten lagen.

Überall hörte er Musikspiel und Gesang, überall wurde getanzt. Er beeilte sich, über eine der Brükken zu kommen, und erkundigte sich beim ersten Menschen, dem er begegnete, wie dieses schöne Land heiße. »Ihr seid im Lande Kaschmir«, antwortete der, den er angesprochen hatte. »Bei den Bewohnern herrscht Freude und Lust, denn wir feiern die Hochzeit unserer schönen Prinzessin mit dem Fürsten Barbabu, dem sie von ihrem Vater zugesprochen wurde. Wolle Gott, daß ihr Glück von Dauer ist!« Bei diesen Worten sank Rustam in Ohnmacht.

Der kaschmirische Edelmann glaubte, er sei von Krämpfen befallen, und ließ ihn in sein Haus tragen. Rustam blieb lange bewußtlos. Man ließ die beiden erfahrensten Ärzte des Landes holen, die den Puls des Patienten befühlten. Als Rustam wieder zum Bewußtsein kam, erging er sich in Wehklagen, rollte die Augen und rief immer wieder: »Topas, Topas, wie recht hattest du doch!«

Einer der Ärzte sagte zu dem kaschmirischen Edelmann: »Ich merke an seiner Aussprache, daß der junge Mann aus Kandahar ist. Die Luft unseres Landes bekommt ihm nicht, man muß ihn heimschicken. An seinen Augen sehe ich, daß er irre geworden ist. Vertraut ihn mir an, ich bringe ihn in seine Heimat und heile ihn.« Der andere Arzt behauptete jedoch, er sei nur vor Kummer krank, er solle die Hochzeit der Prinzessin mitfeiern und dort tanzen. Während sie berieten, kam der Kranke wieder zur Besinnung.

Die beiden Ärzte wurden verabschiedet, und Rustam blieb mit seinem Gastgeber allein.
»Edler Herr«, sagte er zu ihm, »ich bitte Euch um Verzeihung, daß ich vor Euch in Ohnmacht gefallen bin. Ich weiß, wie unhöflich das ist. Ich bitte Euch inständig, nehmt meinen Elefanten als Dank für die Güte, die Ihr mir erwiesen habt.« Darauf erzählte er ihm alle seine Erlebnisse, aber er verschwieg wohlweislich den Zweck seiner Reise. »Im Namen Wischnus und Brahmas«, rief er schließlich, »sagt mir doch, wer dieser glückliche Barbabu ist, der die Prinzessin von Kaschmir heiratet! Wie kam es, daß ihr Vater ihn zum Schwiegersohn erwählte, und weshalb hat ihn die Prinzessin zum Gatten genommen?« – »Edler Herr, die Prinzessin hat Barbabu keineswegs angenommen«, erwiderte ihm der Edle aus Kaschmir. »Im Gegenteil, sie zerfließt in Tränen, während das ganze Land voller Freude ihre Hochzeit feiert. Sie hat sich in den Turm ihres Palastes eingeschlossen und will nichts von den Festlichkeiten sehen, die man ihr zu Ehren veranstaltet.« Als Rustam diese Worte hörte, fühlte er sich wie neugeboren. Die leuchtenden Farben, die durch den Schmerz aus seinem Gesicht gewichen waren, flammten wieder auf. »Sagt mir, ich bitte Euch«, fuhr er fort, »warum will der Fürst von Kaschmir durchaus seine Tochter einem Barbabu vermählen, von dem sie nichts wissen will?« – »Das verhält sich so«, erwiderte der Kaschmirer. »Wissen Sie, daß unser erlauchter

Fürst einen großen Diamanten und einen Wurfspieß verloren hat, an denen sein Herz über die Maßen hing?« – »Ja, das ist mir wohlbekannt«, sagte Rustam. »Nun«, fuhr der Gastgeber fort, »als unser Fürst keines von beiden Kleinodien ausfindig machen konnte, obwohl er sie auf der ganzen Erde suchen ließ, versprach er seine Tochter dem, der ihm eins der Kleinodien zurückbringen würde. Ein Edelmann, Barbabu ist gekommen und hat den Diamanten gebracht, und morgen heiratet er die Prinzessin.«
Rustam erbleichte, stammelte ein paar höfliche Worte, verabschiedete sich von seinem Gastgeber und stürzte auf seinem Dromedar in die Hauptstadt, wo die Vermählung stattfinden sollte. Er begab sich in das Schloß und bat um eine Audienz bei dem Fürsten, dem er Wichtiges mitzuteilen habe, worauf er die Antwort erhielt, der Fürst sei mit den Vorbereitungen für die Hochzeit beschäftigt. »Eben darum will ich ihn ja sprechen.« Er drängte so sehr, daß er vorgelassen wurde. »Mein Fürst«, sprach er, »Gott möge Eure Tage mit Ruhm und Herrlichkeit krönen! Aber Euer Schwiegersohn ist ein Spitzbube.« – »Ein Spitzbube? Was untersteht Ihr Euch? Darf man so zum Herzog von Kaschmir über den Schwiegersohn sprechen, den er sich erwählt hat?« – »Ja, er ist ein Spitzbube«, wiederholte Rustam, »und, um es Eurer Hoheit zu beweisen: hier bringe ich Euch Euren Diamanten.« Der Herzog war höchst erstaunt und verglich die Diamanten, doch da er nichts davon ver-

stand, konnte er nicht herausfinden, welcher der echte war. »Da sind nun zwei Diamanten«, rief er, »und ich habe nur eine Tochter! In welche Verlegenheit bin ich geraten!« Er ließ Barbabu kommen und fragte ihn, ob er ihn hintergangen habe. Barbabu schwur, er habe den Diamanten von einem Armenier gekauft. Rustam sagte nicht, woher er seinen Stein hatte, schlug aber als Ausweg vor, Seine Hoheit möchte zulassen, daß er sofort mit seinem Nebenbuhler kämpfe. »Es genügt nicht, daß Euer Schwiegersohn einen Diamanten mitbringt«, sagte er, »er muß auch Beweise seiner Tapferkeit ablegen. Haltet Ihr es nicht für richtig, daß derjenige, der den anderen tötet, Eure Tochter heiratet?« – »Ausgezeichnet«, antwortete der Fürst, »das wird ein schönes Schauspiel für den Hof abgeben. Schlagt Euch schnell, der Sieger soll, wie es Brauch in Kaschmir ist, die Waffen des Besiegten erhalten und meine Tochter heiraten.«
Die beiden Rivalen stiegen gleich in den Hof hinunter. Auf der Treppe saßen eine Taube und ein Rabe. Der Rabe schrie: »Kämpfet, kämpfet miteinander!« Die Taube: »Kämpfet nicht!« Der Fürst mußte darüber lachen, die beiden Nebenbuhler achteten kaum darauf. Sie begannen den Kampf, und alle Hofleute bildeten einen Kreis um sie. Die Prinzessin, die sich immer noch im Turm einschloß, wollte diesem Schauspiel nicht beiwohnen. Sie ahnte nicht, daß ihr Geliebter in Kaschmir war, und gegen Barbabu empfand sie einen solchen Abscheu, daß sie ihn nicht

sehen wollte. Der Kampf nahm den besten Verlauf von der Welt: Barbabu wurde stracks niedergeschlagen, und das Volk war darüber entzückt, weil er häßlich, Rustam dagegen sehr hübsch war – und das ist immer das Entscheidende für die Gunst der Öffentlichkeit.

Der Sieger bekleidete sich mit dem Kettenhemd, der Schärpe und dem Helm des Besiegten und zog, vom ganzen Hofe begleitet, unter dem Klang der Fanfaren vor die Fenster seiner Geliebten. Das Volk schrie: »Schönste Prinzessin, seht Euren schönen Gemahl an, der seinen garstigen Nebenbuhler erschlagen hat«, und ihre Frauen wiederholten diese Worte. Unglücklicherweise steckte die Prinzessin den Kopf zum Fenster hinaus, und als sie die Rüstung des Mannes erblickte, den sie verabscheute, stürzte sie verzweifelt an ihren chinesischen Koffer, holte den verhängnisvollen Wurfspieß hervor und schleuderte ihn nach ihrem teuren Rustam. Als er, vom Speer durchbohrt, einen lauten Schrei ausstieß, glaubte die Prinzessin, die Stimme ihres unglücklichen Geliebten wiederzuerkennen.

Mit fliegenden Haaren, den Tod im Auge und im Herzen, eilte sie hinab. Rustam war über und über blutend in die Arme ihres Vaters gesunken. Nun erblickte sie ihn. Oh, dieser Moment des Wiedererkennens löste unbeschreiblich viel Schmerz, Zärtlichkeit und Entsetzen aus. Sie warf sich über ihn und umarmte ihn. »Jetzt empfängst du«, sagte sie zu ihm, »die ersten und die letzten Küsse von deiner Geliebten und deiner Mörderin.« Sie zog den Spieß aus der Wunde, stieß ihn in ihr Herz, und hingestreckt über ihren angebeteten Geliebten, hauchte sie ihr Leben aus. Ihr Vater, der vor Entsetzen und tiefer Bestürzung dem Tode nahe war wie sie, versuchte vergebens, sie ins Leben zurückzurufen – sie war nicht mehr. Er verfluchte den unheilvollen Spieß, zerbrach ihn in Stükke und warf die beiden verhängnisvollen Diamanten weit von sich. Und während man statt der Hochzeit die Leichenfeier seiner Tochter vorbereitete, ließ er den blutüberströmten Rustam, in dem noch ein letzter Hauch von Leben war, in seinen Palast tragen.

Rustam wurde auf ein Bett gelegt. Das erste, was er zu beiden Seiten seines Sterbebettes erblickte, waren Topas und Eben. Seine Überraschung gab ihm etwas Kraft wieder. »Oh, ihr Grausamen«, rief er ihnen zu, »warum habt ihr mich verlassen? Die Prinzessin würde vielleicht noch am Leben sein, wenn ihr bei eurem unglücklichen Rustam geblieben wäret.« – »Ich habe Euch nicht einen Augenblick verlassen«, versicherte Topas. »Ich war stets an Eurer Seite«, sagte Eben. »Oh, was sagt ihr da? Warum kränkt ihr mich in meiner letzten Stunde?« versetzte Rustam mit todesmatter Stimme. »Ihr könnt es mir glauben«, erwiderte Topas, »Ihr wißt, daß ich niemals diese verhängnisvolle Reise gebilligt habe, weil ich ihre schrecklichen Folgen voraussah. Ich war der Adler, der mit dem Geier kämpfte und von ihm zerrupft

wurde; ich war der Elefant, der mit dem Gepäck davonlief, um Euch zur Heimkehr zu zwingen; ich war der gestreifte Esel, der Euch gegen Euren Willen nach Hause zurücktrug, ich habe Eure Pferde vertrieben, ich habe den Strom geschaffen, um Euch am Weiterreisen zu hindern, ich habe die Berge errichtet, die Euch den verhängnisvollen Weg versperren sollten; ich war der Arzt, der Euch die Heimatluft verordnete; ich war die Taube, die Euch vom Kampfe abriet!« – »Und ich«, sagte Eben, »ich war der Geier, der den Adler zerrupfte, das Nashorn, das dem Elefanten Hörnerstöße versetzte, der Lümmel, der den Esel prügelte, der Händler, der Euch die Kamele gab, um Euch Eurem Untergange zuzutreiben. Ich habe die Brücke aufgebaut, die Ihr überschritten habt, ich habe die Bergschlucht für Euch gegraben, ich war der Arzt, der Euch zum Weiterreisen ermunterte, und ich war der Rabe, der Euch zum Kampf anfeuerte.« – »Ach, gedenke doch der Orakelsprüche«, rief Topas Eben zu. »*Wenn du gen Osten gehst, wirst du im Westen sein.*« – »Ja«, sagte Eben, »hier begräbt man die Toten mit dem Antlitz nach dem Westen gerichtet: Der Orakelspruch war klar, warum habt Ihr ihn nicht verstanden? ›*Du hast besessen und besaßest doch nicht*‹, denn Ihr hattet zwar einen Diamanten, aber er war falsch, und Ihr wußtet nichts davon. Ihr seid Sieger und müßt sterben, Ihr seid Rustam und hört auf, es zu sein: Alles ist vollendet.«
Während er so sprach, entwuchsen dem Leibe des

Topas vier weiße Flügel und dem von Eben vier schwarze. »Was sehe ich!« rief Rustam. »Du siehst deine beiden Genien«, antworteten Topas und Eben gleichzeitig. »Ha, ihr Herren«, rief ihnen der unglückliche Rustam zu, »um was kümmert ihr euch da? Und warum braucht ein armes Menschenkind zwei Genien?« – »So will es das Gesetz«, antwortete Topas, »jeder Mensch hat seine zwei Genien. Plato hat es als erster behauptet, und andere haben es nachgesprochen. Du siehst, es ist absolut richtig. Ich, der ich zu dir spreche, ich bin dein guter Genius, und meine Aufgabe war, über dich zu wachen bis zu deinem letzten Atemzuge – ich habe sie treulich erfüllt.« – »Aber«, entgegnete der Sterbende, »wenn deine Aufgabe darin bestand, mir zu dienen, so bin ich wohl von höherer Art als du? Und wie wagst du zu behaupten, du seiest mein guter Genius, wenn du mich bei allem, was ich unternommen habe, täuschen ließest und wenn du mich und meine Geliebte elendiglich sterben läßt?« – »Ja, leider – das war dein Schicksal«, sagte Topas. »Wenn also das Schicksal alles besorgt«, rief der Sterbende, »wozu dann ein Genius? Und du, Eben, mit deinen vier schwarzen Flügeln, du bist sicher mein böser Genius?« – »Ihr habt es erraten«, antwortete Eben. – »Aber warst du denn auch der böse Genius meiner Prinzessin?« – »Nein, sie hatte ihren eigenen, ich habe ihn nach besten Kräften unterstützt.« – »Ha, verfluchter Eben, wenn du so böse bist, unterstehst du wohl nicht demselben Herrn wie

Topas? Ihr seid also von zwei verschiedenen Mächten geschaffen worden, von denen die eine von Natur gut, die andere aber schlecht ist?« – »Das ist nicht die notwendige Folgerung«, meinte Eben, »da liegt eben die schwierige Frage!« – »Es ist doch unmöglich«, stöhnte der Sterbende, »daß ein gütiger Schöpfer einen so unheilvollen Genius erschaffen hat.« – »Möglich oder unmöglich«, entgegnete Eben, »die Sache ist so, wie ich dir sage.« – »Ach, mein armer Freund«, rief Topas, »siehst du denn nicht, daß dieser Schurke jetzt noch die Bosheit besitzt, dich in einen Streit zu verwickeln, damit dein Blut in Wallung gerät, um deine Todesstunde zu beschleunigen?« – »Geh, du bist mir auch nicht lieber als er«, versetzte der traurige Rustam. »Er gibt wenigstens zu, daß er mir Böses antun wollte, du aber, der du vorgabst, mich zu schirmen, du bist mir zu nichts nütze gewesen.« – »Das tut mir herzlich leid«, sagte der gute Genius. »Mir auch«, meinte der Sterbende, »dahinter steckt etwas, das ich nicht verstehe.« – »Ich auch nicht«, beteuerte der arme gute Genius. »Ich werde es in wenigen Augenblicken erfahren«, sagte Rustam. »Das werden wir sehen«, erwiderte Topas. Und dann verschwand alles. Rustam fand sich im Hause seines Vaters wieder, das er nicht verlassen, und in seinem Bett, in dem er eine Stunde geschlafen hatte.
In Schweiß gebadet und ganz verwirrt fuhr er auf, betastete sich, rief, schrie und läutete. Gähnend eilte sein Kammerdiener Topas herbei. »Bin ich tot – lebe

ich?« rief Rustam. »Kann auch die schöne Prinzessin von Kaschmir heil davonkommen?« – »Mein gnädiger Herr träumt wohl«, erwiderte Topas kühl. »Ah«, schrie Rustam, »was ist aus diesem Bösewicht Eben mit den vier schwarzen Flügeln geworden? Er ist schuld, daß ich eines so grausamen Todes sterben muß.« – »Gnädiger Herr, Eben liegt oben und schnarcht. Soll ich ihn herunterholen?« – »Der Schurke, seit vollen sechs Monaten verfolgt er mich. Er war es, der mich nach Kabul auf diesen unseligen Handelsmarkt gebracht hat. Er hat mir den Diamanten gestohlen, den mir die Prinzessin geschenkt hatte. Er allein ist der Grund meiner Reise und auch des Todes meiner Prinzessin und des Speerwurfes, an dem ich nun in der Blüte meiner Jahre sterbe.« – »Beruhigt Euch«, sagte Topas, »Ihr seid niemals in Kabul gewesen, eine Prinzessin von Kaschmir gibt es nicht, denn ihr Vater hat nur zwei Jungen, die augenblicklich die Schule besuchen. Ihr habt auch niemals einen Diamanten besessen. Die Prinzessin kann nicht gestorben sein, weil sie gar nicht geboren ist, und Ihr selber seid heil und gesund.«
»Wie! Es soll nicht wahr sein, daß du mich im Bett des Fürsten von Kaschmir sterben sahst? Hast du mir denn nicht gestanden, daß du, um mich vor all meinem Unglück zu bewahren, zum Adler, Elefanten, zum gestreiften Esel, zum Arzt und zur Taube geworden warst?«
»Ihr habt das alles nur geträumt, gnädiger Herr, wir

haben unsere Gedanken im Schlaf nicht so in der Gewalt wie im wachen Zustand. Gott hat es gefallen, Euch diese Reihe von Gedanken durch den Kopf gehen zu lassen, wahrscheinlich um Euch eine Lehre zu geben, die Ihr nützen sollt.« – »Du machst dich über mich lustig«, rief Rustam, »wie lange habe ich denn geschlafen?« – »Kaum eine Stunde, gnädiger Herr.« – »Also, verdammter Schwätzer, wie kann es sein, daß ich in einer Stunde vor sechs Monaten in Kabul gewesen und von dort zurückgekehrt bin, eine Reise nach Kaschmir gemacht habe und dort mitsamt der Prinzessin und Barbabu gestorben bin?« – »Gnädiger Herr, nichts ist einfacher als das. Ihr hättet sogar in weit kürzerer Zeit eine Reise um die Welt machen und noch viel mehr Abenteuer erleben können. Könnt Ihr denn nicht in einer Stunde einen Abriß der persischen Geschichte lesen, die Zarathustra geschrieben hat? Und doch dehnt sich diese Zusammenfassung auf achthunderttausend Jahre aus. Alle diese Geschehnisse ziehen in einer Stunde an Eurem Auge vorüber; also müßt Ihr zugeben, daß es ebenso leicht für Brahma ist, sie in einer Stunde zusammenzufassen, als sie über einen Zeitraum von achthunderttausend Jahren auszudehnen – es ist genau dasselbe! Stellt Euch vor, die Zeit drehe sich auf einem Rad von einem unendlichen Durchmesser und unter diesem ungeheuren Rade drehe sich eine unzählige Menge ineinandergreifender Räder. Das mittlerste Rad ist nicht wahrnehmbar und macht eine unendliche Anzahl Umdrehungen genau in derselben Zeit, in der das große Rad nur eine einzige vollzieht. Es ist also klar, daß alle Ereignisse vom Anbeginn der Welt bis zu ihrem Ende in weniger als dem Hunderttausendstel einer Sekunde ablaufen können, ja, man kann sogar sagen, es ist so!«

»Ich verstehe von alledem nichts«, sagte Rustam.

»Wenn's Euch beliebt«, sagte Topas, »könnte es Euch mein Papagei leicht verständlich machen. Er ist kurz vor der Sintflut geboren, er hat in der Arche Noah mitgehaust und hat viel gesehen. Dennoch ist er erst anderthalb Jahre alt. Er soll Euch seine Lebensgeschichte erzählen, die sehr interessant ist.«

»Schnell, hole mir deinen Papagei«, rief Rustam, »er soll mir die Zeit vertreiben, bis ich wieder einschlafe.« – »Er ist bei meiner Schwester, der Nonne«, sagte Topas, »ich hole ihn gleich, Ihr werdet mit ihm zufrieden sein. Sein Gedächtnis ist ausgezeichnet, er erzählt in einer sehr einfachen Art und will nicht bei jeder Gelegenheit geistreich sein und viel Phrasen machen.« – »Um so besser«, meinte Rustam, »so höre ich gern Geschichten.« Man brachte ihm den Papagei, und der Vogel begann zu erzählen: »…

NB. Fräulein Katharina Vadé hat die Geschichte des Papageien niemals in der Mappe ihres verstorbenen Vetters Anton Vadé, des Verfassers dieser Erzählung, auffinden können. In Anbetracht der Zeit, in der dieser Papagei gelebt hat, ist das wirklich schade.

DIE PRINZESSIN VON BABYLON

ERSTES KAPITEL

Der alte Belos, der König von Babylon, hielt sich für den bedeutendsten Mann der ganzen Welt, denn alle seine Höflinge sagten es, und seine Geschichtsschreiber bewiesen es ihm. Was diese lächerliche Einbildung entschuldigen konnte, war die Tatsache, daß seine Vorgänger mehr als dreißigtausend Jahre für den Aufbau Babylons gebraucht hatten und er es verschönerte. Sein Palast und sein Park lagen einige Parasangen von Babylon entfernt zwischen den Flüssen Euphrat und Tigris, die diese bezaubernden Gestade bespülten. Das riesige, dreitausend Schritt lange Gebäude ragte bis zum Himmel hinauf. Das flache Dach war von einer fünfzig Fuß hohen weißen Marmorbalustrade umgeben, auf der die Kolossalstatuen aller Könige und aller großen Männer des Reiches standen. Das Dach selbst, welches durchgehend aus zwei mit dicken Bleiplatten belegten Backsteinschichten bestand, war zwölf Fuß hoch mit Erde bedeckt, und darauf hatte man so dicht Oliven-, Orangen-, Zitronen-, Palmen-, Kokos-, Zimt- oder andere Gewürzbäume gepflanzt, daß kein Sonnenstrahl auf die schattigen Wege herabfallen konnte.

Das durch hundert hohle Säulen hochgepumpte Wasser des Euphrat füllte in diesen Gärten mächtige Marmorbecken und bildete dann, durch andere Kanäle zurückgeleitet, unten im Park sechstausend Fuß lange Wasserfälle und hunderttausend Springbrunnen von fast unübersehbarer Höhe; darauf floß es zurück in den Euphrat, aus dem es gekommen war. Die Gärten der Semiramis, die einige Jahrhunderte später ganz Asien in Staunen setzten, waren nur eine armselige Nachahmung dieser antiken Wunder, denn zu Semiramis' Zeiten begann das Niveau der Männer und Frauen bedeutend herabzusinken.
Das Bewundernswerteste in Babylon aber, das alles andere in den Schatten stellte, war des Königs einzige Tochter, Formosante. Nach ihren Bildnissen und Statuen hat Praxiteles im darauffolgenden Jahrhundert seine Aphrodite und jene andere Skulptur geschaffen, die man die Venus mit den schönen Hinterbakken nannte. Herrgott, wie sehr unterschied sich das Original von seinen Nachbildungen! Und darum war Belos auch stolzer auf seine Tochter als auf sein Königreich. Sie war achtzehn Jahre alt und brauchte einen Gatten, der ihrer würdig war. Aber wo ihn finden? Ein altes Orakel hatte bestimmt, Formosante dürfe nur demjenigen angehören, der den Nimrod-Bogen spannen könnte. Nimrod, der gewaltige Jäger vor dem Herrn, hatte einen sieben babylonische Fuß hohen Bogen aus Ebenholz hinterlassen, das härter war als das Eisen des Kaukasus, welches in den

Schmieden von Derbent verarbeitet wird. Kein Sterblicher hatte seit Nimrod diesen wunderbaren Bogen spannen können.

Außerdem war noch prophezeit worden, daß der Arm, der diesen Bogen spannte, den furchtbarsten und gefährlichsten Löwen, der je im Zirkus von Babylon losgelassen würde, töten sollte. Das war noch nicht alles: Der Bogenspanner und Löwentöter sollte auch alle seine Nebenbuhler niederkämpfen. Vor allem aber mußte er viel Geist haben, sollte der herrlichste und tugendhafteste aller Menschen sein und die größte Seltenheit, die es auf der Erde gab, besitzen.

Es traten drei Könige auf, die den Wettkampf um Formosante wagen wollten: der Pharao von Ägypten, der Schah von Indien und der große Khan der Skythen. Bel bestimmte den Tag des Kampfes und als Ort das weite, von den vereinigten Wassern des Euphrat und Tigris begrenzte Gelände am äußersten Ende des Parkes. Rund um den Kampfplatz errichtete man ein marmornes Amphitheater, das fünfhunderttausend Zuschauer fassen konnte. Dem Amphitheater gegenüber stand der Thron des Königs, der, von seinem ganzen Hofstaat begleitet, mit Formosante erscheinen sollte. Zur Rechten und Linken, zwischen dem Königsthron und dem Amphitheater, befanden sich weitere Throne und Sitze für die drei Könige und alle anderen Herrscher, die das Verlangen hatten, dieser erhabenen Feier beizuwohnen.

Als erster erschien der König von Ägypten auf dem Stier Apis, in der Hand das Sistrum der Isis. Ihm folgten zweitausend Priester, deren Leinengewänder weißer waren als der Schnee, zweitausend Eunuchen, zweitausend Magier und zweitausend Krieger.

Bald darauf kam der König von Indien in einem von zwölf Elefanten gezogenen Wagen an. Er hatte ein noch zahlreicheres und glänzenderes Gefolge als der Pharao von Ägypten.

Als letzter erschien der König der Skythen. Er führte nur ausgewählte, mit Pfeil und Bogen bewaffnete Krieger mit und ritt auf einem prachtvollen Tiger, den er selbst gezähmt hatte und der so groß war wie die schönsten persischen Pferde. Die imponierende majestätische Gestalt dieses Monarchen stellte seine Nebenbuhler in den Schatten. Seine nackten, kraftstrotzenden weißen Arme schienen ganz dazu geschaffen, den Bogen Nimrods zu spannen.

Die drei Fürsten warfen sich zunächst Belos und Formosante zu Füßen. Der König von Ägypten brachte der Prinzessin die beiden schönsten Krokodile des Nils, zwei Flußpferde, zwei Zebras, zwei ägyptische Ratten und zwei Mumien mit den Büchern des großen Hermes, die er für die größte Seltenheit der ganzen Erde hielt.

Der König von Indien machte ihr hundert Elefanten zum Geschenk, von denen jeder einen Turm aus vergoldetem Holz trug, und legte ihr den von Schakja eigenhändig geschriebenen Weda zu Füßen.

Der König der Skythen, der tatsächlich weder lesen noch schreiben konnte, überbrachte hundert mit schwarzen Fuchsfell-Schabracken bedeckte Schlachtrosse.

Die Prinzessin schlug vor ihren Bewerbern die Augen nieder und verneigte sich mit züchtiger und edler Anmut.

Belos ließ die Monarchen zu den für sie bestimmten Thronen führen. »Hätte ich doch drei Töchter«, sprach er zu ihnen, »dann könnte ich heute sechs Menschen glücklich machen.« Darauf ließ er losen, wer sich als erster an Nimrods Bogen versuchen sollte. Von den drei Namen der Bewerber, die man in einen goldenen Helm gelegt hatte, wurde zuerst der des Königs von Ägypten gezogen, als nächster der des Königs von Indien. Der Skythenkönig maß den Bogen und seine Mitbewerber – und bedauerte nicht, der dritte zu sein.

Während die Vorbereitungen für diese wunderbaren Kraftproben getroffen wurden, boten zwanzigtausend Edelknaben und zwanzigtausend junge Mädchen in bester Ordnung zwischen den einzelnen Sitzreihen den Zuschauern Erfrischungen an. Jeder war der Meinung, die Götter hätten die Könige nur eingesetzt, um alle Tage abwechslungsreiche Feste zu geben, daß ferner das Leben zu kurz sei, um auf andere Weise von ihm Gebrauch zu machen, daß Prozesse, Intrigen, Kriege und Priestergezänk, die das Menschenleben aufzehren, sinnlose und abscheuliche

Dinge seien und der Mensch nur zur Freude geboren sei, daß er Vergnügungen nicht dauernd und leidenschaftlich lieben würde, wenn er nicht dazu geschaffen wäre, daß das Wesen der menschlichen Natur darin bestände, zu genießen, und alles übrige Torheit sei. Diese vortreffliche Moral ist allerdings gerade durch die Tatsachen Lügen gestraft worden.

Als die Proben, die über Formosantes Schicksal entscheiden sollten, ihren Anfang nahmen, erschien vor der Schranke ein junger Fremdling, der, wie sein Diener, auf einem Einhorn ritt und auf der Faust einen großen Vogel trug. Die Wachen waren erstaunt, eine Gestalt, die einer Gottheit glich, in einem solchen Aufzuge zu sehen. Es war, wie man später sagte, das Antlitz des Adonis auf dem Körper des Herkules, Majestät mit Anmut gepaart. Seine dunklen Augenbrauen und seine langen blonden Haare bildeten eine in Babylon unbekannte Schönheitskombination und entzückten alle Anwesenden. Alle erhoben sich von den Sitzen, um ihn besser sehen zu können. Alle Damen des Hofes richteten verwunderte Blicke auf ihn, und selbst Formosante, die stets die Augen gesenkt hielt, schlug sie auf und errötete. Die drei Könige erbleichten. Alle Zuschauer, die Formosante mit dem Unbekannten verglichen, brachen in den Ruf aus: »Nur dieser Jüngling kommt auf der ganzen Welt der Prinzessin an Schönheit gleich!«

Die verwunderten Palastdiener fragten ihn, ob er ein König sei. Der Fremde antwortete, er habe nicht die

Ehre, er sei aber aus weiter Ferne gekommen, um zu sehen, ob es Könige gäbe, die Formosantes würdig seien. Man führte ihn mit seinem Diener, den beiden Einhörnern und dem Vogel in die erste Reihe des Amphitheaters. Er verneigte sich tief vor Belos, Formosante, den drei Königen und allen Zuschauern und nahm dann errötend Platz. Die beiden Einhörner legten sich zu seinen Füßen nieder, der Vogel setzte sich ihm auf die Schulter, und sein Diener, der einen kleinen Sack bei sich trug, ließ sich an seiner Seite nieder.
Die Proben begannen. Der Nimrod-Bogen wurde aus dem goldenen Behälter herausgenommen, und der Zeremonienmeister, dem zwanzig Bläser voranschritten und fünfzig Edelknaben folgten, überreichte ihn dem König von Ägypten. Dieser ließ den Bogen von seinen Priestern segnen, und nachdem er ihn noch auf den Kopf des Stieres Apis gelegt hatte, zweifelte er nicht mehr daran, daß er den ersten Sieg davontragen würde. Er schritt in die Mitte der Arena, machte einen Versuch, spannte alle seine Kräfte an und drehte und wandte sich derart, daß alle Zuschauer in Gelächter ausbrachen und sogar Formosante lächeln mußte.
Sein Oberpriester näherte sich ihm: »Eure Majestät sollten auf diese nichtige Ehre verzichten, die nur eine Sache der Muskeln und Sehnen ist«, sagte er, »in allem übrigen werdet Ihr den Sieg davontragen. Ihr werdet den Löwen bezwingen, da Ihr das Schwert des Osiris habt. Die Prinzessin von Babylon soll dem

geistvollsten Fürsten angehören, und Ihr habt ja schon viele Rätsel gelöst. Sie soll sich dem Tugendhaftesten vermählen, und der seid Ihr, denn Euch haben die Priester Ägyptens erzogen. Der Großzügigste soll triumphieren, und Ihr habt die beiden schönsten Krokodile und Ratten, die es im Delta gibt, zum Geschenk gemacht. Ihr besitzt den Stier Apis und die Bücher des großen Hermes – die größten Seltenheiten der ganzen Welt. Niemand kann Euch Formosante streitig machen.« – »Du hast recht«, sprach der König von Ägypten und begab sich wieder auf seinen Thron. Der Bogen wurde nun dem König von Indien überreicht. Er hatte vierzehn Tage lang noch Blasen davon und tröstete sich mit der Hoffnung, der König der Skythen werde nicht mehr Glück haben als er.

Darauf versuchte sich der Skythe am Bogen. Er verband Kraft mit Gewandtheit, und unter seinen Händen schien der Bogen etwas biegsam zu werden. Er konnte ihn etwas krümmen, aber ihn zu spannen gelang ihm nicht. Die Zuschauer, die das Äußere dieses Fürsten angenehm berührte, waren über seinen geringen Erfolg enttäuscht und fürchteten, die schöne Prinzessin werde sich niemals vermählen.

Da schwang sich der junge Unbekannte in die Arena hinab und wandte sich an den König der Skythen: »Eure Majestät dürfen sich nicht darüber wundern, daß Ihr keinen vollen Erfolg hattet. Diese Bogen aus Ebenholz werden in meinem Lande verfertigt und müssen besonders gehandhabt werden. Euer Verdienst, ihn gebogen zu haben, ist größer als meines, wenn ich ihn spanne.« Alsdann nahm er einen Pfeil, legte ihn an die Sehne und spannte den Nimrod-Bogen. Der Pfeil flog weit über die Schranken hinaus. Eine Million Hände zollten diesem Wunder Beifall. Babylon hallte von Jubel wider, und alle Frauen sagten: »Welch ein Glück, daß ein so schöner Jüngling so viel Kraft hat.«

Darauf zog er eine kleine Elfenbeinplatte aus seiner Tasche, beschrieb sie mit einer goldenen Nadel, befestigte sie an dem Bogen und überreichte das Ganze der Prinzessin mit so viel Anmut, daß alle Anwesenden entzückt waren. Dann nahm er bescheiden seinen Platz zwischen seinem Vogel und seinem Diener wieder ein. Ganz Babylon war über alle Maßen erstaunt, die drei Könige waren bestürzt, doch der Unbekannte schien nichts von alledem zu merken.

Formosantes Verwunderung wuchs noch, als sie auf dem am Bogen befestigten Elfenbeintäfelchen im schönsten Chaldäisch das folgende Verslein las:

Der Nimrod-Pfeil den Sieg erringt,
der Liebe Pfeil das Glück Euch bringt.
Ihr tragt ihn! Und das Erdenreich
beherrscht der Sieger, göttergleich.
Drei Könige, die heut Rivalen,
bemühen sich, Euch zu gefallen.
Wie wird sich Euer Herz entscheiden?
Die ganze Welt wird ihn beneiden!

Dieses kleine Madrigal mißfiel der Prinzessin durchaus nicht. Einige Herren des alten Hofes kritisierten es und meinten, früher, in der alten guten Zeit, hätte man Belos mit der Sonne und Formosante mit dem Monde verglichen, ihren Hals mit einem Turm und ihren Busen mit einem Scheffel Weizen. Sie behaupteten, der Fremde habe keinerlei Phantasie und halte sich nicht an die Regeln der echten Poesie. Alle Damen jedoch fanden die Verse sehr nett. Sie wunderten sich, daß ein Mann, der den Bogen so gut spannen konnte, so viel Geist besaß. Die Hofdame der Prinzessin sagte zu ihr: »Hoheit, wie nutzlos sind all diese Gaben! Was hilft diesem jungen Mann sein Geist und der Bogen des Belos?« – »Um Bewunderung zu erregen«, erwiderte Formosante. »Ah«, murmelte die Hofdame zwischen den Zähnen, »noch ein Madrigal, und er wird geliebt!«

Inzwischen hatte Belos die Magier befragt und verkündete nun, daß, wenn auch keiner der drei Könige den Bogen Nimrods spannen konnte, er seine Tochter dennoch vermählen müsse. Sie solle demjenigen angehören, dem es gelänge, den großen Löwen niederzustrecken, der eigens für diesen Zweck im Zwinger herangefüttert worden war. Der König von Ägypten, der in der ganzen Weisheit seines Landes erzogen worden war, fand es höchst lächerlich, einen König um seiner Heirat willen einem wilden Tier auszusetzen. Er gab zu, daß der Besitz Formosantes von großem Wert sei, hob aber hervor, daß er die schöne Babylonierin doch niemals heiraten könne, wenn ihn der Kampf mit dem Löwen das Leben koste. Der König von Indien schloß sich der Meinung des Ägypters an. Beide kamen zu der Überzeugung, daß der König von Babylon sie zum Narren hielt und daß man Heere kommen lassen sollte, um ihn zu bestrafen. Man habe genug Untertanen, die es sich zur Ehre anrechneten, ihr Leben im Dienste ihrer Gebieter zu lassen, damit diesen auch nicht ein Haar auf ihren geheiligten Häuptern gekrümmt würde. Mit Leichtigkeit könnte der König von Babylon entthront werden, und das Los sollte dann über das Schicksal der schönen Formosante entscheiden.

Nachdem diese Vereinbarung getroffen war, sandte jeder der beiden Könige eiligst den ausdrücklichen Befehl in sein Land, ein Heer von dreihunderttausend Mann aufzustellen, um Formosante zu entführen.

Indessen stieg der König der Skythen, den Krummsäbel in der Hand, allein in die Arena hinab. Die Reize Formosantes hatten ihn nicht zu heißer Liebe entflammt, bisher war nur der Ruhm seine einzige Leidenschaft gewesen, die ihn auch nach Babylon geführt hatte. Wenn die Könige von Indien und Ägypten sich aus lauter Vorsicht nicht mit dem Löwen einließen, so wollte er beweisen, daß er mutig genug war, diesen Kampf nicht zu scheuen und die Ehre der Kronen wieder reinzuwaschen. Seine hervorragende Tapferkeit ließ es nicht einmal zu, sich des Beistandes seines Tigers zu bedienen. Leicht bewaffnet und mit einem goldverzierten, von drei schneeweißen Pferdeschweifen umflatterten stählernen Helm trat er ganz allein vor.

Der riesigste aller Löwen aus den Bergen des Antilibanon wurde gegen ihn losgelassen. Es schien, als könnten seine furchtbaren Tatzen die drei Könige auf einmal zerreißen und sein mächtiger Rachen sie alle drei verschlingen. Das ganze Amphitheater hallte von seinem fürchterlichen Gebrüll wider. Die beiden stolzen Kämpfer stürzten sich pfeilgeschwind aufeinander. Der kühne Skythe stieß seinen Degen in das Maul des Löwen, aber die Spitze, die auf einen der breiten, unzerbrechlichen Zähne traf, zersprang in Splitter, und das Waldungeheuer schlug, wutentbrannt über die erlittene Verletzung, seine blutbefleckten Tatzen in die Schenkel des Skythenkönigs.

Die Gefahr, die diesen tapferen Fürsten bedrohte, ergriff den jungen Fremdling. Blitzschnell stürzte er sich in die Arena, und mit derselben Geschicklichkeit, mit der späterhin bei unseren Ringelrennen gewandte junge Ritter Mohrenköpfe oder Ringe trafen, schlug er dem Löwen den Kopf ab.

Dann zog er eine kleine Schachtel hervor, reichte sie dem Skythenkönig und sagte: »Eure Majestät finden in diesem Schächtelchen echte Eschenwurz, die in meiner Heimat wächst. Eure ruhmreichen Wunden können damit sehr schnell geheilt werden. Nur der Zufall hat Euch gehindert, den Löwen zu besiegen, und Eure Tapferkeit ist darum nicht weniger bewunderungswert.« Der Skythenkönig, der mehr Sinn für Dankbarkeit als für Eifersucht hatte, dankte seinem Befreier, und nachdem er ihn zärtlich umarmt hatte, begab er sich in sein Quartier, um die Eschenwurz auf seine Wunden zu legen.

Der Unbekannte übergab den Löwenkopf seinem Diener. Nachdem dieser ihn an dem großen Brunnen unterhalb des Amphitheaters gewaschen und alles Blut hatte ablaufen lassen, zog er ein Messer aus seinem kleinen Sack, riß die vierzig Zähne des Löwen aus und setzte an ihre Stelle vierzig gleich große Diamanten.

Sein Herr setzte sich in seiner üblichen bescheidenen Art wieder auf seinen Platz. Er gab seinem Vogel den Löwenkopf und sagte: »Schöner Vogel, lege diese kleine Huldigung Formosante zu Füßen.« Der Vogel überbrachte der Prinzessin in seinen Krallen das schreckliche Siegeszeichen, neigte demütig den Kopf und legte sich vor ihr nieder. Die vierzig Brillanten blendeten aller Augen. Solche Kostbarkeiten waren in dem prächtigen Babylon, wo Smaragde, Topase, Saphire und Granaten als wertvollste Schmuckstücke angesehen wurden, noch unbekannt. Belos und der ganze Hof waren voller Bewunderung, doch der Vogel, der dieses Geschenk herbrachte, überraschte sie noch mehr. Er glich einem Adler, aber seine Augen waren sanft und fromm, während die des Adlers stolz und drohend sind. Sein Schnabel war rosenfarbig und erinnerte etwas an Formosantes schönen Mund. Sein Hals schillerte in allen Farben des Regenbogens, jedoch lebhafter und glänzender, und sein Gefieder leuchtete in tausend verschiedenen Goldschattierungen. Seine Füße zeigten eine Mischung von Silber und Purpur, und der Schweif jener schönen Vögel, die man später vor den Wagen der Juno spannte, kam dem seinen an Schönheit nicht gleich.

Die Aufmerksamkeit und Neugier, die Verwunderung und Begeisterung des ganzen Hofes richteten sich teils auf die vierzig Diamanten, teils auf den Vogel. Er hatte sich auf das Geländer gesetzt zwischen Belos und seine Tochter Formosante, die ihn streichelte, liebkoste und küßte. Er schien ihre Liebkosungen mit Vergnügen und Ehrfurcht entgegenzunehmen. Als die Prinzessin ihn küßte, küßte er sie wieder und sah sie zärtlich an. Er bekam von ihr kleine Kuchen und Pistazien, die er mit seiner silbrigpurpurnen Klaue nahm und überaus anmutig in den Schnabel steckte.

Belos, der die Diamanten aufmerksam betrachtet hatte, glaubte, daß eine seiner Provinzen wohl kaum solch ein kostbares Geschenk ausgleichen könnte. Er befahl, für den Unbekannten noch großartigere Gaben vorzubereiten, als man den drei Königen zugedacht hatte. »Dieser junge Mann ist zweifellos der Sohn des Kaisers von China«, sagte er, »oder des Herrschers von jenem Teil der Erde, den man Europa nennt und von dem man mir schon erzählt hat, oder er stammt aus Afrika, das ein Nachbarstaat Ägyptens sein soll.«

Er entsandte sogleich seinen Oberstallmeister, der den Fremdling begrüßen und fragen sollte, ob er der Beherrscher oder der Sohn des Herrschers von einem dieser Reiche sei und warum er, da er doch so erstaunliche Schätze besitze, nur mit seinem Diener und einem kleinen Mantelsack erschienen sei.

Als der Oberstallmeister auf das Amphitheater zuging, um sich seines Auftrages zu entledigen, kam wieder ein Diener auf einem Einhorn an, der folgende Worte an den jungen Mann richtete: »Omar, Euer Vater liegt im Sterben; ich bin gekommen, es Euch zu melden.« Der Unbekannte hob die Augen gen Himmel, vergoß heiße Tränen und gab nur zur Antwort: »Wir wollen aufbrechen.«

Nachdem der Oberstallmeister dem Löwenbezwinger, dem Spender der vierzig Diamanten, dem Besitzer des schönen Vogels die freundlichen Begrüßungsworte des Belos ausgerichtet hatte, fragte er den Diener, über welches Reich der Vater des jungen Helden herrsche. Der Diener antwortete: »Sein Vater ist ein alter Schäfer, der im ganzen Lande sehr beliebt ist.«

Während dieses kurzen Gespräches hatte der Unbekannte bereits sein Einhorn bestiegen und wandte sich an den Oberstallmeister: »Erlauchter Herr, wollen Sie die Güte haben, mich Belos und seiner Tochter zu Füßen zu legen. Ich erlaube mir, Formosante um größte Sorgfalt für den Vogel, den ich hierlasse, zu bitten. Er ist so einzigartig wie sie.« Nach diesen Worten ritt er wie ein Blitz davon. Die beiden Diener folgten ihm, und man verlor sie alle drei aus den Augen.

Formosante konnte einen lauten Schrei nicht unterdrücken. Der Vogel wandte seine Augen nach dem Amphitheater, dorthin, wo sein Herr gesessen, und schien sehr betrübt darüber, daß er ihn nicht mehr sah. Dann blickte er die Prinzessin fest an und rieb seinen Schnabel sanft an ihrer schönen Hand, so, als wolle er sich ihrem Dienste weihen.

Als Belos hörte, daß dieser außergewöhnliche junge Mann der Sohn eines Schäfers sei, war er höchst erstaunt und wollte es nicht glauben. Er sandte ihm Boten nach, doch nach kurzer Zeit wurde ihm berichtet, daß die Einhörner, auf denen die drei Männer ritten, nicht eingeholt werden konnten. Bei dem Tempo, das sie angeschlagen hätten, müßten sie täglich hundert Meilen zurücklegen.

ZWEITES KAPITEL

Alle Welt sprach über dieses seltsame Ereignis und erging sich in endlosen, leeren Vermutungen. Wie konnte der Sohn eines Schäfers vierzig große Diamanten verschenken? Warum kam er auf einem Einhorn angeritten? Es blieb allen unverständlich, und

Formosante, die den Vogel immer wieder streichelte, versank in tiefe Träumerei.
Ihre Kusine, Prinzessin Aldea, die sehr gut aussah und fast ebenso schön war wie Formosante, sagte zu ihr: »Liebe Base, ich weiß nicht, ob dieser junge Halbgott der Sohn eines Schäfers ist, aber er scheint mir alle Bedingungen erfüllt zu haben, die an deine Heirat geknüpft sind. Er hat den Nimrod-Bogen gespannt, hat den Löwen bezwungen und hat viel Geist, da er für dich ein so hübsches Gedicht aus dem Stegreif gemacht hat. Und da er dir vierzig riesige Diamanten geschenkt hat, mußt du zugeben, daß er der großzügigste Mann der Welt ist. Sein Vogel ist die größte Seltenheit, die es auf der Erde gibt, und seine Tugend ist unvergleichlich, denn obwohl er bei dir bleiben konnte, ist er ohne Zaudern aufgebrochen, als er von der Erkrankung seines Vaters erfuhr. Alle Punkte des Orakels sind erfüllt worden, mit Ausnahme der Forderung, er solle seine Nebenbuhler niederschlagen. Aber er hat noch mehr getan: Er hat dem einzigen Mitbewerber, den er zu fürchten hatte, das Leben gerettet. Und wenn er den Kampf mit den beiden anderen aufnehmen soll, so wirst du, glaube ich, nicht daran zweifeln, daß er sie leicht besiegen würde.«
»Alles, was du sagst, ist wohl wahr«, entgegnete Formosante, »aber könnte es möglich sein, daß der größte und vielleicht sogar der liebenswerteste aller Männer der Sohn eines Schäfers ist?«

Die Hofdame mischte sich in das Gespräch ein und sagte, das Wort »Schäfer« werde sehr oft auf Könige angewendet. Man bezeichnete sie als »Schäfer«, weil sie ihre Herden ganz kurz scheren. Zweifellos habe sich der Diener einen schlechten Scherz erlaubt. Der junge Held sei nur deshalb mit einem einzigen Begleiter gekommen, um zu zeigen, wie hoch sein persönlicher Wert über dem Prunk der Könige stehe und daß Formosante keinem anderen als ihm angehören müsse. Statt aller Antwort gab die Prinzessin ihrem Vogel tausend zärtliche Küsse. Unterdessen waren die Vorbereitungen für ein großes Festmahl zu Ehren der drei Könige und aller Fürsten, die erschienen waren, getroffen worden. Die Tochter und die Nichte des Königs von Babylon sollten die Honneurs machen. Den drei Königen wurden Geschenke überreicht, die der Herrlichkeit Babylons würdig waren. Bevor die Speisen aufgetragen wurden, berief Belos seinen für die Heirat Formosantes zuständigen Rat zusammen und ergriff als großer Politiker das Wort: »Ich bin alt und weiß weder, was ich tun, noch, wem ich meine Tochter geben soll«, sprach er. »Der, der sie verdient, ist nur ein kleiner Schäfer, die Könige von Indien und Ägypten sind nur Feiglinge. Der König der Skythen wäre mir ebenfalls recht, doch er hat keine der gestellten Bedingungen erfüllt. Ich will das Orakel noch einmal befragen. Beratet Euch inzwischen untereinander, und wir werden dann nach dem Spruch des Orakels einen Entschluß fassen, denn ein

König darf sich immer nur von den ausdrücklichen Anweisungen der unsterblichen Götter leiten lassen.«

Darauf begab er sich in seine Kapelle, wo ihm das Orakel wie üblich in kurzen Worten antwortete: »*Deine Tochter wird sich erst vermählen, nachdem sie die Welt durchstreift hat.*« Belos kehrte verwundert zum Rat zurück und überbrachte diese Antwort. Orakelsprüche flößten den Ministern größte Ehrfurcht ein, und alle stimmten darin überein – jedenfalls taten sie so –, daß Orakel die Basis der Religion seien, daß die Vernunft vor ihnen schweigen müsse, daß durch sie die Könige über die Völker und die Magier über die Könige herrschten und daß es ohne Orakel weder Tugend noch Ruhe auf Erden gäbe. Nachdem sie die tiefste Verehrung für sie bezeigt hatten, waren fast alle der Meinung, daß dieser Orakelspruch unpassend sei und man ihm darum nicht gehorchen sollte. Für ein Mädchen, und besonders für die Tochter des großen Königs von Babylon, sei nichts unschicklicher, als auf und davon zu gehen, ohne zu wissen, wohin. Dies sei das beste Mittel, überhaupt nicht geheiratet zu werden oder eine geheime, schmachvolle und lächerliche Ehe zu schließen. Mit einem Wort: dieses Orakel hätte keinen Sinn.

Der jüngste der Minister, der Onadas hieß und mehr Geist als alle anderen hatte, sagte, das Orakel meine zweifellos eine Wallfahrt, und er erbiete sich, die Prinzessin zu begleiten. Der Rat pflichtete seiner

Ansicht bei, aber jeder wollte ihr Begleiter sein. Der König entschied, die Prinzessin solle in Richtung Arabien nach einem dreihundert persische Meilen entfernt gelegenen Tempel pilgern, dessen Heiliger den Ruf genoß, jungen Mädchen zu glücklichen Ehen zu verhelfen; begleiten solle sie der Älteste des Rates. Nach diesem Beschluß begab man sich zu Tisch.

DRITTES KAPITEL

Inmitten der Gärten, zwischen zwei Wasserfällen, stand ein länglichrunder Pavillon von dreihundert Fuß Durchmesser, auf dessen azurblauer, mit goldenen Sternen besäter Wölbung alle Gestirne mit den Planeten genau nach ihrem Stand dargestellt waren. Diese Wölbung drehte sich wie der Himmel, und zwar durch Maschinen, die ebenso unsichtbar waren wie jene, die die Himmelsbewegungen leiteten. Hunderttausend Fackeln, die in zylinderförmige Gefäße aus Bergkristall eingeschlossen waren, beleuchteten den Speisesaal von innen und außen. Auf einer Anrichte mit mehreren Aufsätzen standen zwanzigtausend goldene Schüsseln und Teller. Die gegenüberliegenden Stufen waren vollbesetzt mit Musikanten. Zwei weitere stufenförmig aufgebaute Anrichten waren, die eine mit Früchten aller Jahreszeiten, die andere mit Kristallkrügen, in denen alle Weine der Erde funkelten, beladen.

Die Gäste nahmen an einer Tafel Platz, die durch Früchte- und Blumenranken aus Edelsteinen gleichmäßig aufgeteilt war. Die schöne Formosante saß zwischen dem König von Indien und dem König von Ägypten, die schöne Aldea neben dem König der Skythen. Jeder der etwa dreißig anwesenden Fürsten hatte eine der schönsten Damen des Hofes zur Seite. Der König von Babylon saß in der Mitte der Tafel seiner Tochter gegenüber. Er schien erfüllt von dem Kummer über die mißglückte Vermählung, aber zugleich von der Freude, Formosante noch bei sich behalten zu können. Sie bat ihn um die Erlaubnis, ihren Vogel neben sich auf den Tisch setzen zu dürfen, und der König billigte es gern.

Die Tafelmusik, die nun einsetzte, ließ jedem Fürsten doch die Möglichkeit, seine Tischdame gut zu unterhalten. Das Mahl war köstlich und wohlschmeckend. Der Prinzessin wurde ein Ragout serviert, das ihr Vater besonders gern aß. Sie befahl daher, es Seiner Majestät zu bringen, und sogleich ergriff der Vogel mit wunderbarer Geschicklichkeit die Platte und reichte sie dem König. Niemals hatte wohl bei einem Souper größeres Erstaunen geherrscht, und Belos überhäufte den Vogel ebenso mit Liebkosungen, wie es seine Tochter getan. Der Vogel flog an ihre Seite zurück und entfaltete im Flug einen so wundervollen Schweif, seine ausgebreiteten Flügel schimmerten in so leuchtenden Farben, das Gold seines Gefieders erstrahlte so blendend, daß aller Augen an ihm hingen. Die Musikanten hörten auf zu spielen und saßen regungslos da. Niemand aß, niemand sprach, man hörte nur ein bewunderndes Murmeln. Die Prinzessin von Babylon küßte ihn immer wieder während des Mahles, ohne auch nur daran zu denken, daß es Könige in der Welt gäbe. Die Könige von Ägypten und Indien wurden immer ärgerlicher und empörter, und jeder schwur sich, den Marsch seiner dreihunderttausend Mann zu beschleunigen, um sich zu rächen.

Der König der Skythen war in eine Unterhaltung mit der schönen Aldea vertieft. Sein stolzes Herz, das die Vernachlässigung, die Formosante ihm gegenüber bezeigte, ohne Verdruß hinnahm, empfand für sie mehr Gleichgültigkeit als Zorn. »Sie ist schön, das gebe ich zu«, sagte er, »aber sie scheint eine jener Frauen zu sein, die sich nur mit ihrer Schönheit beschäftigen und glauben, alle Sterblichen müßten ihnen dankbar sein, wenn sie sich in der Öffentlichkeit zu zeigen geruhen. In meinem Lande betet man keine Götzen an. Mir wäre eine häßliche, aber freundliche und gefällige Person lieber als diese schöne Bildsäule. Ihr, Gnädigste, habt ebensoviel Reize wie Formosante, und Ihr geruht doch wenigstens, Euch mit dem Fremden zu unterhalten. Ich gestehe Euch mit der Freimütigkeit der Skythen, daß ich Euch den Vorzug gebe.« Und doch täuschte er sich über Formosantes Charakter: Sie war nicht so hochmütig, wie sie schien. Prinzessin Aldea nahm sein Kompliment sehr geschmeichelt auf, und ihre Unterhaltung wurde äußerst interessant. Sie fühlten sich beide höchst befriedigt, und noch bevor die Tafel aufgehoben wurde, war einer des andern sicher.

Nach dem Mahle lustwandelte man im Hain. Der König der Skythen und Aldea versäumten nicht, eine abgelegene Laube aufzusuchen. Aldea, die die personifizierte Offenheit war, sagte zu dem Fürsten: »Ich hasse meine Base durchaus nicht, obgleich sie schöner ist als ich und den babylonischen Thron besteigen wird. Die Ehre, Euch zu gefallen, ersetzt mir die Reize, die ich nicht aufzuweisen habe. Ich ziehe das Land der Skythen mit Euch der Krone von Babylon ohne Euch vor. Aber rechtmäßig steht diese Krone mir zu – wenn es überhaupt Recht in der Welt gibt –, denn ich stamme vom älteren Zweig Nimrods ab, Formosante nur von einem jüngeren. Ihr Großvater hat den meinen entthront und ließ ihn töten.«

»So also steht es um die Kraft des Blutes im Hause Babylon«, sagte der Skythe. »Wie hieß Euer Großvater?« – »Aldeus. Mein Vater, der denselben Namen hatte, wurde mit meiner Mutter in den äußersten Winkel des Reiches verbannt. Da Belos nach ihrem Tode von mir nichts befürchtete, ließ er mich zusammen mit seiner Tochter erziehen, bestimmte aber, daß ich niemals heiraten sollte.«

»Ich will Euren Vater, Euren Großvater und Euch rächen«, versicherte der König der Skythen. »Und ich bürge dafür, daß Ihr heiratet. Übermorgen werde ich Euch in aller Frühe entführen, denn morgen muß ich noch mit dem König von Babylon speisen. Wenn ich zurückkomme, werde ich Eure Rechte mit einem Heer von dreimal hunderttausend Mann geltend machen.« – »Das ist mir sehr lieb«, sagte die schöne Aldea, und nachdem sie sich gegenseitig ihr Wort gegeben hatten, trennten sie sich.

Die unvergleichliche Formosante hatte sich schon längst zur Ruhe begeben. Neben ihrem Bett hatte sie für ihren Vogel einen kleinen Apfelsinenbaum in einem silbernen Kübel aufstellen lassen. Die Bettvorhänge waren geschlossen, doch sie hatte nicht die geringste Lust zu schlafen; ihr Herz und ihre Phantasie waren allzu wach. Vor ihren Augen schwebte der entzückende Unbekannte. Sie sah, wie er mit dem Nimrod-Bogen einen Pfeil abschoß, wie er dem Löwen den Kopf abhieb. Sie sagte das Madrigal leise vor sich hin und sah schließlich, wie er auf seinem Einhorn der Menschenmenge entfloh. Da schluchzte sie laut auf und rief unter Tränen: »Ich werde ihn also niemals wiedersehen! Er wird nicht zurückkehren!«

»Er kommt zurück, Herrin«, antwortete der Vogel vom Apfelsinenbaum herab. »Muß man denn nicht, wenn man Euch erblickt hat, den Wunsch hegen, Euch wiedersehen zu wollen?«

»O Himmel! O ewige Mächte. Mein Vogel spricht reines Chaldäisch!« rief sie, zog den Vorhang auseinander, streckte ihm die Arme entgegen und kniete in ihrem Bett nieder. »Bist du ein auf die Erde herabgestiegener Gott? Bist du der große Ormuzd, der sich unter diesem Gefieder verbirgt? Wenn du ein Gott bist, gib mir den schönen Jüngling wieder!«

»Ich bin nur ein geflügeltes Tier«, erwiderte der Vogel, »aber ich entstamme der Zeit, da noch alle Tiere sprachen und Vögel, Schlangen, Eselinnen, Pferde und Greife sich vertraulich mit den Menschen unterhielten. Vor all den Menschen wollte ich nicht sprechen, aus Angst, Eure Hofdamen könnten mich für einen Zauberer halten. Nur Euch will ich mich offenbaren.«

Formosante, die von so vielen Wundern höchst überrascht und begeistert war und am liebsten gleich hundert Fragen auf einmal gestellt hätte, wollte zuerst wissen, wie alt er sei. »Siebenundzwanzigtausendneunhundert Jahre und sechs Monate, Herrin. Ich stamme aus der Zeit der kleinen Himmelsumdrehung, die Eure Magier die *Präzession der Tagundnachtgleichen* nennen, die sich in ungefähr achtundzwanzigtausend Eurer Jahre vollzieht. Es gibt noch unendlich viel längere Umwälzungen, und es existieren auch noch viel ältere Wesen als ich. Vor zweiundzwanzigtausend Jahren lernte ich auf einer meiner Reisen Chaldäisch und habe immer eine große Vorliebe für diese Sprache gehabt. Die anderen Tiere aber, meine Brüder, haben unter Eurem Himmel auf das Sprechen verzichtet.« – »Und warum, mein göttlicher Vogel?« – »Ja, weil die Menschen schließlich die Gewohnheit angenommen haben, uns zu verspeisen, anstatt sich mit uns zu unterhalten und weiterzubilden. Diese Barbaren! Hätten sie nicht überzeugt sein müssen, daß wir, die wir dieselben Organe, dieselben Empfindungen, Bedürfnisse und Begierden haben wie sie, auch gleich ihnen das besitzen, was man eine *Seele* nennt, daß wir ihre Brüder sind und daß man nur Bösewichte in den Topf tun, braten und aufessen darf? Wir sind so weit mit Euch verbrüdert, daß das höchste, das ewige und schöpferische Wesen, nachdem es einen Bund mit den Menschen geschlossen hat, uns ausdrücklich in diesen Vertrag mit einbezog. Er hat Euch verboten, Euch von unserem Blute zu nähren, und uns, das Eure auszusaugen.

Die Fabeln Eures alten Lokman, die in so vielen Sprachen übersetzt worden sind, werden ein ewiges Zeugnis für den beglückenden Umgang sein, den Ihr einstmals mit uns gepflogen habt. Alle beginnen mit den Worten: *Zu der Zeit, als die Tiere noch sprachen …* Freilich sprechen heute noch viele Eurer Frauen mit ihren Hunden, aber diese haben beschlossen, nicht zu antworten, seit man sie mit Peitschenhieben gezwungen hat, mit auf die Jagd zu gehen und am Mord unserer alten gemeinsamen Freunde, der Hirsche, Rehe, Hasen und Rebhühner, mitschuldig zu werden. Bei Euch gibt es noch alte Gedichte, in denen die Pferde reden, und Eure Kutscher richten jetzt noch tagtäglich das Wort an sie; aber es geschieht mit so viel Roheit, und sie gebrauchen so schändliche Ausdrücke, daß die Pferde, die Euch früher so zugetan waren, Euch heute verabscheuen.

Das Land, in dem Euer bezaubernder Unbekannter, der vollkommenste aller Menschen, wohnt, ist noch das einzige, wo Euer Geschlecht das unsrige liebt und mit ihm redet, und es ist das einzige Land auf der ganzen Erde, wo die Menschen gerecht sind.«

»Und wo liegt dieses Land meines teuren Unbekannten? Wie ist der Name dieses Helden? Wie heißt sein Reich? Ich sage ›sein‹ Reich, denn ich glaube nicht, daß er ein Schäfer ist, ebensowenig wie ich glaube, daß du eine Fledermaus bist.«

»Sein Vaterland, Herrin, ist das Land der Gangariden, dieses tugendhaften und unbesiegbaren Volkes, das das östliche Ufer des Ganges bewohnt. Der Name meines Freundes ist Amazan. Er ist kein König, und ich weiß nicht einmal, ob er sich dazu erniedrigen würde. Er liebt seine Landsleute viel zu sehr, er ist Schäfer wie sie. Aber bildet Euch nicht ein, daß diese Schäfer den Euren gleichen, die, nur spärlich in zerfetzte Lumpen eingehüllt, Schafe hüten, die weit besser gekleidet sind als sie. Eure Schäfer seufzen unter der Last ihrer Armut und müssen einem Halsabschneider die Hälfte ihres kümmerlichen Lohnes abgeben, den sie von ihren Herren bekommen. Die Gangaridenschäfer sind alle Gleichgeborene und Herren unzähliger Herden, die auf den ewig blühenden Wiesen weiden. Sie werden niemals getötet, denn es wäre ein schweres Verbrechen gegen den Ganges, seinesgleichen zu töten und zu essen. Die Schafwolle, die glänzender und weicher ist als die schönste Seide, ist das wichtigste Handelsobjekt im Orient. Im übrigen bringt das Land der Gangariden alles hervor, was die Wünsche der Menschen zu befriedigen vermag. Die großen Diamanten, die Euch zu schenken Amazan die Ehre hatte, stammen aus einem Bergwerk, das ihm gehört. Das Einhorn, auf dem er angeritten kam, ist das übliche Reittier der Gangariden. Es ist das schönste, stolzeste, schrecklichste und zugleich sanftmütigste Tier, das die Erde trägt. Hundert Gangariden und hundert Einhörner würden genügen, um zahllose Heere aufzureiben. Vor etwa zwei Jahrhunderten war ein König von Indien so töricht und wollte dieses Volk besiegen: Er erschien an der Spitze von zehntausend Elefanten und einer Million Krieger. Die Einhörner durchbohrten die Elefanten, so wie ich auf Eurem Tisch Lerchen auf goldenen Spießen aufgereiht gesehen habe. Die Krieger fielen unter den Schwertern der Gangariden, so wie die Bewohner des Orients mit ihren Händen die Reishalme abmähen. Der König wurde mit mehr als sechshunderttausend Mann gefangengenommen. Er wurde in den heilkräftigen Wassern des Ganges gebadet und mußte sich der landesüblichen Lebensweise anpassen, die darin besteht, sich nur von Pflanzen zu ernähren, die die Natur hervorbringt, um alles, was da atmet, zu erhalten. Die mit Fleisch genährten und mit starken Getränken animierten Menschen haben alle versäuertes, scharfes Blut, das sie auf hundert verschiedene Weisen toll macht. Ihr größter Wahnsinn ist die Sucht, das Blut ihrer Brüder zu vergießen und fruchtbare Landstriche zu verwüsten, um über Leichenfelder zu herrschen. Sechs volle Monate brauchte man, um den König von Indien von seiner Krankheit zu heilen. Als die Ärzte endlich feststellten, daß sein Pulsschlag ruhiger ging und sein Gemüt sich besänftigt hatte, legten sie darüber ein Attest dem Rat der Gangariden vor. Dieser schickte, nachdem er die Meinung der Einhörner eingeholt hatte, humanerweise den König von Indien, seinen einfältigen Hofstaat und seine albernen Krieger in ihr Land zurück. Diese Lehre brachte sie zur Vernunft, und seit dieser Zeit achten die Inder die Gangariden, so wie bei Euch die Unwissenden, die sich belehren lassen möchten, die chaldäischen Philosophen schätzen, denen sie sich nicht gleichstellen können.«

»Sagt mir, teurer Vogel, gibt es bei den Gangariden eine Religion?« fragte die Prinzessin.

»Aber gewiß gibt es eine, Herrin! Wir versammeln uns bei Vollmond, um Gott zu danken: die Männer in einem großen Zedernholztempel, die Frauen – aus Furcht vor gegenseitiger Ablenkung – in einem anderen; alle Vögel in einem Hain, die Vierfüßler auf einem schönen Rasenplatz. Wir danken Gott für alles Gute, das er uns getan hat. Wir haben vor allem ein paar Papageien, die wunderbar predigen. Das ist das Vaterland meines lieben Amazan, und dort wohne auch ich. Ich hege so viel Freundschaft für ihn, wie er in Euch Liebe entzündet hat. Wenn Ihr auf mich hören wolltet, so würden wir zusammen aufbrechen, und Ihr würdet ihm seinen Besuch erwidern.«

»Wahrhaftig, Vogel, du treibst da ein nettes Handwerk«, entgegnete lächelnd die Prinzessin, die vor Verlangen brannte, die Reise zu unternehmen, und es doch nicht zu gestehen wagte.

»Ich diene meinem Freund«, sagte der Vogel, »und nach dem Glück, Euch lieben zu dürfen, ist das größte, Eurer Liebe zu dienen.«

Formosante wußte nicht mehr, wo sie war; sie fühlte sich der Erde entrückt. Alles, was sie an diesem Tage erlebt hatte, was sie sah, was sie hörte und besonders, was sie in ihrem Herzen fühlte, stürzte sie in einen Wonnetaumel, der weit hinausstieg über den, den die beglückten Muselmanen durchleben, wenn sie, von allen irdischen Gütern befreit, sich im neunten Himmel in den Armen ihrer Huris wiederfinden, umgeben und durchdrungen von himmlischer Verklärung und Glückseligkeit.

VIERTES KAPITEL

Die ganze Nacht über sprach sie von Amazan. Sie nannte ihn nur noch ihren *Schäfer*, und seit jener Zeit haben die Worte *Schäfer* und »Geliebter« bei manchen Völkern die gleiche Bedeutung.

Einmal fragte sie den Vogel, ob Amazan schon eine

andere Geliebte gehabt habe. Er antwortete: »Nein«, und sie war außer sich vor Freude. Dann wollte sie wissen, wie er sein Leben verbringe, und hörte ganz begeistert, daß er es dazu verwende, um Gutes zu tun, die Künste zu pflegen, die Geheimnisse der Natur zu ergründen und sich selbst zu vervollkommnen. Dann wieder wollte sie wissen, ob die Seele ihres Vogels derjenigen ihres Geliebten gleiche und warum der Vogel fast achtundzwanzigtausend Jahre gelebt habe, während ihr Geliebter erst achtzehn oder neunzehn Jahre alt sei. Sie stellte hunderterlei Fragen, die der Vogel mit so viel Zurückhaltung beantwortete, daß ihre Wißbegier noch mehr angestachelt wurde. Endlich schloß ihr der Schlaf die Augen und überließ sie dem süßen Wahn der von den Göttern gesandten Träume – Träume, die zuweilen sogar die Wirklichkeit übertreffen und die selbst die ganze Philosophie der Chaldäer kaum zu erklären vermag. Formosante erwachte erst recht spät. In ihrem Gemach herrschte leichte Dämmerung, als der König, ihr Vater, eintrat. Der Vogel empfing Seine Majestät mit ehrfurchtsvoller Höflichkeit, flog ihm entgegen, schlug mit den Flügeln, reckte den Hals und flog wieder auf seinen Apfelsinenbaum. Der König setzte sich auf das Bett zu seiner Tochter, die durch ihre Träume noch verschönt war. Sein langer Bart näherte sich ihrem schönen Antlitz, und nachdem er sie zweimal geküßt hatte, sprach er zu ihr: »Mein teures Kind, du hast gestern keinen Gatten gefunden, wie ich gehofft hatte, dennoch mußt du einen haben, das Wohl meines Reiches erfordert es. Ich habe das Orakel befragt, das, wie du weißt, niemals lügt und das alle meine Schritte lenkt. Es hat mir befohlen, du solltest die Welt durchstreifen. Du mußt dich also auf die Reise begeben.«

»Ach, sicher zu den Gangariden«, sagte die Prinzessin, und als sie diese Worte, die ihr unbedacht entschlüpft waren, ausgesprochen hatte, fühlte sie, daß sie eine Torheit begangen hatte. Der König, der keine Ahnung von Geographie hatte, fragte sie, was sie unter Gangariden verstehe. Sie erfand schnell eine Ausrede. Der König kündigte ihr an, sie müsse eine Pilgerfahrt machen. Ihr Gefolge habe er bereits bestimmt, und zwar den ältesten Staatsrat, den Groß-Almosenpfleger, eine Hofdame, einen Arzt, einen Apotheker, ihren Vogel und dann noch die erforderliche Dienerschaft.

Formosante, die den königlichen Palast ihres Vaters noch nie verlassen und bis zum Tage der drei Könige und Amazans ein sehr ereignisloses Leben in oberflächlichen Vergnügungen nach den Gesetzen des Prunks geführt hatte, war von der Aussicht auf diese Pilgerfahrt entzückt. »Wer weiß«, sagte sie ganz leise zu sich selbst, »ob die Götter meinem teuren Gangariden nicht auch den Wunsch, zur gleichen Kapelle zu wallfahren, eingeben und ob ich nicht das Glück habe, dort den Pilger wiederzusehen.« Sie dankte ihrem Vater zärtlich und sagte ihm, sie habe immer eine heimliche Verehrung für den Heiligen gehegt, zu dem man sie hinsende.

Belos gab seinen Gästen ein ausgezeichnetes Essen, an dem ausschließlich Männer teilnahmen, die aber alle nicht gut zusammenpaßten: Könige, Fürsten, Minister, Priester. Alle waren eifersüchtig aufeinander, alle wogen ihre Worte ab und wußten nicht, was sie mit ihren Nachbarn und mit sich selbst machen sollten. Es war, obgleich man viel trank, ein trübseliges Mahl. Die Prinzessinnen, die beide mit ihrer Reise beschäftigt waren, blieben in ihren Gemächern und aßen dort allein. Formosante ging dann mit ihrem geliebten Vogel in den Gärten spazieren. Um sie zu ergötzen, flog er von einem Baum zum andern, wobei er seinen prächtigen Schweif und sein herrliches Gefieder entfaltete.

Der König von Ägypten, der vom Wein sehr animiert (um nicht zu sagen trunken) war, verlangte von einem seiner Edelknaben einen Bogen und Pfeile. Dieser Fürst war tatsächlich der ungeschickteste Schütze seines Reiches. Wenn er drauflos schoß, so war man am meisten an der Stelle geschützt, nach der er gerade zielte. Der schöne Vogel aber, der ebenso schnell flog wie der Pfeil, geriet in die Schußbahn und fiel blutüberströmt in Formosantes Arme. Der Ägypter brach in ein dummes Gelächter aus und zog sich in seine Behausung zurück. Die Prinzessin stieß herzzerreißende Schreie aus, zerfloß in Tränen und zerfleischte sich Wangen und Brust. Sterbend sagte der

Vogel leise zu ihr: »Verbrennt mich und versäumt nicht, meine Asche in das glücklichste Land östlich der alten Stadt Aden oder Eden zu bringen und dort auf einem kleinen Scheiterhaufen aus Zimtrinde und Gewürznelken in der Sonne auszubreiten.« Nachdem er diese Worte gesprochen hatte, hauchte er sein Leben aus. Formosante fiel für lange Zeit in Ohnmacht, und als sie erwachte, brach sie in Schluchzen aus. Ihr Vater, der ihren Schmerz teilte, stieß Verwünschungen gegen den König von Ägypten aus. Er zweifelte nicht daran, daß dieses Ereignis eine unheilvolle Zukunft ankünde, und befragte schleunigst sein Hausorakel. Die Antwort lautete: *»Alles vermischt sich: lebendig und tot; Untreue und Beständigkeit; Verlust und Gewinn; Unheil und Glück.«* Weder er noch sein Rat vermochten diese Worte zu deuten, aber schließlich empfand er die Genugtuung, seiner Glaubenspflicht genügt zu haben.

Während er das Orakel befragte, ließ seine ganz in Tränen aufgelöste Tochter dem Vogel die letzten Ehren erweisen, die er selbst angeordnet hatte. Sie war entschlossen, ihn selbst auf Gefahr ihres Lebens nach Arabien zu bringen. Mit dem Apfelsinenbäumchen, auf dem er geschlafen hatte, wurde er in unverbrennbarem Linnen verbrannt. Formosante sammelte die Asche in einer kleinen goldenen Urne, die über und über mit Karfunkelsteinen und mit Diamanten, die man dem Rachen des Löwen entnommen hatte, besetzt war. Warum konnte sie nicht, anstatt diese traurige Pflicht zu erfüllen, den abscheulichen König von Ägypten verbrennen? Das war ihr größter Wunsch. In ihrem Zorn ließ sie seine beiden Krokodile, die beiden Flußpferde, die beiden Zebras und Ratten töten und die beiden Mumien in den Euphrat werfen. Hätte sie seinen Stier Apis gehabt, so wäre sie nicht anders mit ihm verfahren.

Der König von Ägypten war über diese grobe Beleidigung maßlos empört und brach sofort auf, um seine dreihunderttausend Mann anrücken zu lassen. Als der König von Indien seinen Verbündeten abziehen sah, zog er ebenfalls am selben Tage von dannen, in der festen Absicht, seine dreihunderttausend Inder mit dem ägyptischen Heer zu vereinigen. Der König der Skythen ging in der gleichen Nacht mit der Prinzessin Aldea auf und davon. Er war fest entschlossen, an der Spitze der dreihunderttausend Skythen zurückzukehren, um für sie zu kämpfen und ihr das Erbe Babylon wieder zu erringen, das ihr ja zustand, da sie dem älteren Zweige der Herrscherfamilie entstammte.

Die schöne Formosante machte sich um drei Uhr morgens mit ihrer Pilgerkarawane auf den Weg in der festen Hoffnung, sie könne in Arabien den letzten Willen ihres Vogels erfüllen und die unsterblichen Götter würden ihr auf Grund ihrer Gerechtigkeit den teuren Amazan zurückgeben, ohne den sie nicht mehr leben konnte.

So kam es, daß der König von Babylon bei seinem Erwachen niemanden mehr vorfand. »Wie große Feste enden«, sagte er sich, »und welch eine erstaunliche Leere in der Seele zurückbleibt, wenn der Lärm vorüber ist!« Als er jedoch erfuhr, daß die Prinzessin Aldea entführt worden war, erfaßte ihn ein wahrhaft königlicher Zorn. Er befahl, alle Minister zu wecken und den Rat zusammenzurufen. Inzwischen versäumte er nicht, sein Orakel zu befragen, aber er vernahm nichts weiter als die seitdem in der ganzen Welt berühmt gewordenen Worte: *Wenn man die Mädchen nicht verheiratet, verheiraten sie sich selber*.

Unverzüglich wurde der Befehl erteilt, mit dreihunderttausend Mann gegen den König der Skythen vorzugehen. Somit war der schrecklichste Krieg auf allen Seiten entflammt, und entstanden war er durch die Belustigungen des schönsten Festes, das je auf Erden gegeben worden war. Asien sollte durch vier Armeen von je dreihunderttausend Mann verwüstet werden. Man muß zugeben, daß der Trojanische Krieg, der die Welt einige Jahrhunderte später in Staunen setzte, im Vergleich dazu nur ein Kinderspiel war, aber man muß auch in Betracht ziehen, daß der Streit der Trojaner lediglich um ein altes, leichtfertiges Weib entbrannte, das sich zweimal hatte entführen lassen, während es sich in diesem Falle um zwei junge Mädchen und um einen Vogel handelte.

Der König von Indien erwartete sein Heer auf der breiten, prächtigen Straße, die damals direkt von Babylon nach Kaschmir führte. Der König der Skythen und Aldea nahmen die schöne Straße, die nach dem Gebirge Imaus führte. Alle diese Wege sind späterhin durch die Schuld unfähiger Verwaltungen verschwunden. Der König von Ägypten war in Richtung Westen marschiert und rückte auf das kleine mittelländische Meer vor, das die unwissenden Hebräer später das *große Meer* genannt haben. Die schöne Formosante aber hatte den Weg nach Basra eingeschlagen, der von den hohen, zu allen Jahreszeiten Früchte spendenden Palmen in ewigen Schatten getaucht war. Der Tempel, zu dem sie wallfahrtete, lag mitten in Basra. Der Heilige, dem dieser Tempel geweiht war, war jenem anderen, den man später in Lampsakos anbetete, sehr wesensverwandt. Er verschaffte den jungen Mädchen nicht nur Ehegatten, sondern er vertrat auch des öfteren selbst Gattenstelle. Er war der gefeiertste Heilige ganz Asiens.

Formosante kümmerte sich nicht im geringsten um den Heiligen von Basra; sie verlangte nur nach ihrem Gangariden-Schäfer, dem schönen Amazan. Sie gedachte sich in Basra einzuschiffen und nach dem »Glücklichen Arabien« zu fahren, um dort die Wünsche ihres toten Vogels zu erfüllen.

Als sie beim dritten Sonnenuntergang die Herberge, in der ihre Vorläufer alles für sie hergerichtet hatten, betrat, erfuhr sie schon, daß auch der König von Ägypten dort angekommen war. Durch seine Spione war er über die Reise der Prinzessin unterrichtet worden und hatte daraufhin sofort mit seiner zahlreichen Eskorte eine andere Marschroute eingeschlagen. Bei seiner Ankunft ließ er vor sämtliche Türen Wachen stellen, begab sich in das Zimmer der schönen Formosante hinauf und sagte zu ihr: »Prinzessin, gerade Euch habe ich gesucht. Ihr habt mir in Babylon wenig Beachtung geschenkt, und es ist gerechtfertigt, Hochmut und Launenhaftigkeit zu bestrafen. Ihr werdet die Freundlichkeit haben, heute abend mit mir zu speisen. Ihr werdet mit mir das Bett teilen, und ich will mit Euch so verfahren, daß ich zufriedengestellt bin.«

Formosante sah ein, daß sie nicht die Stärkere war. Sie war sich darüber im klaren, daß der Kluge sich jeweils der Situation anpassen muß, und beschloß, sich durch eine harmlose List des Königs von Ägypten zu entledigen. Sie sah ihn von der Seite an, was man einige Jahrhunderte später als »äugeln« bezeichnete, und sprach zu ihm so bescheiden, so sanft und verwirrt mit Charme und Anmut, daß es selbst den Weisesten aller Menschen betört und den Scharfsinnigsten blind gemacht hätte.

»Ich gestehe, mein Herr, daß ich immer die Augen niederschlug, wenn Ihr dem König, meinem Vater, die Ehre Eures Besuches zuteil werden ließet. Ich fürchtete mein Herz, meine allzu kindliche Einfalt, und ich zitterte bei dem Gedanken, mein Vater und Eure Nebenbuhler könnten meine Vorliebe für Euch, die Ihr so wohl verdientet, bemerken. Jetzt kann ich mich meinen Gefühlen überlassen. Ich schwöre bei dem Stier Apis, den ich nach Euch am meisten auf der Welt verehre, daß mich Eure Vorschläge entzückt haben. Bei dem Könige, meinem Vater, habe ich bereits mit Euch gespeist und tue es hier gern noch einmal ohne ihn. Ich möchte Euch nur darum bitten, daß Euer Groß-Almosenpfleger mit uns trinkt, denn er schien mir in Babylon ein sehr angenehmer Tischgenosse zu sein. Ich habe einen vorzüglichen Schiraswein, Ihr müßt beide davon kosten. Euer zweiter Vorschlag ist sehr verlockend, doch einem wohlerzogenen Mädchen aus gutem Hause geziemt es nicht, darüber zu sprechen. Laßt es Euch genügen, zu wissen, daß ich Euch für den größten aller Könige und den liebenswertesten aller Menschen halte.«

Diese Rede verdrehte dem König von Ägypten den Kopf. Er war gern damit einverstanden, daß der Almosenpfleger als dritter an dem Mahle teilnahm.

»Ich muß Euch noch um eine Gnade bitten«, sagte die Prinzessin, »erlaubt mir, daß mein Apotheker zu mir kommt. Mädchen haben immer gewisse kleine Unpäßlichkeiten, die bestimmte Mittel erfordern: Kopfschmerzen, Herzklopfen, Koliken und Beklemmungen, die man unter gewissen Umständen einer besonderen Behandlung unterziehen muß. Kurzum: ich brauche meinen Apotheker dringend, und ich hoffe, Ihr werdet mir diesen kleinen Liebesbeweis nicht verweigern.«

»Prinzessin«, antwortete der König von Ägypten,

»obgleich ein Apotheker Absichten hat, die den meinen genau entgegengesetzt sind, und die Erzeugnisse seiner Kunst im Gegensatz zu den meinigen stehen, besitze ich doch zu viel Lebensart, um Euch diese Bitte abzuschlagen. Ich werde anordnen, daß er Euch vor der Abendmahlzeit aufsucht. Ich vermute, Ihr seid von der Reise ein wenig ermüdet. Ihr braucht sicher auch eine Kammerfrau, und Ihr könnt Euch die kommen lassen, die Euch am liebsten ist. Ich erwarte dann Eure weiteren Befehle.« Er zog sich zurück, und der Apotheker und die Kammerfrau Irla erschienen. Die Prinzessin hatte volles Vertrauen zu ihrer Kammerfrau und befahl ihr, sechs Flaschen Schiraswein für das Abendessen bringen zu lassen und davon auch allen Wachen, die ihre Begleiter gefangenhielten, zu trinken anzubieten. Darauf befahl sie dem Apotheker, in alle Flaschen bestimmte Drogen zu tun, die einen vierundzwanzigstündigen Schlaf verursachten. Mit solchen Drogen war der Apotheker immer versehen und führte den Befehl unverzüglich aus. Nach einer halben Stunde kam der König mit dem Groß-Almosenpfleger, und das Mahl, das sie dann gemeinsam einnahmen, verlief in sehr heiterer Stimmung. Der König und der Priester leerten die sechs Flaschen und gestanden, daß es in Ägypten keinen so guten Wein gäbe. Die Kammerfrau sorgte dafür, daß auch die Diener, die aufgetragen hatten, von dem Wein bekamen. Die Prinzessin hütete sich, auch nur einen Schluck von dem Wein zu trinken, und sagte, daß ihr Arzt ihr eine Diät verordnet und jeden Weingenuß verboten hätte. Bald lag alles im tiefsten Schlaf.

Der Almosenpfleger des Königs hatte den schönsten Bart, den ein Mann seines Schlages haben konnte. Formosante schnitt ihn geschickt ab, ließ ihn auf ein schmales Band heften und band ihn um ihr Kinn. Sie hüllte sich in das Gewand des Priesters, legte alle Zeichen seiner Würde an und verkleidete ihre Kammerfrau als Sakristan der Göttin Isis. Nachdem sie noch ihre Urne und ihre Geschmeide an sich genommen hatte, eilte sie an den Wachen vorbei, die gleich ihren Herren schliefen, und verließ die Herberge. Die Kammerfrau hatte dafür gesorgt, daß am Tor zwei Pferde bereitstanden. Von ihrem Gefolge konnte die Prinzessin keinen der Offiziere mitnehmen, weil die Hauptwachen sie nicht durchgelassen hätten.

Formosante und Irla durchschritten das Spalier der Soldaten, die die Prinzessin für den Oberpriester hielten, sie *Hochwürdigster Vater in Gott* anredeten und um seinen Segen baten. Nach vierundzwanzig Stunden, noch bevor der König erwacht war, kamen die beiden Flüchtlinge in Basra an. Sie legten ihre Verkleidung, die leicht Verdacht erregen konnte, ab und mieteten schleunigst ein Schiff, das sie durch die Meerenge von Ormus nach dem schönen Gestade von Aden im ›Glücklichen Arabien‹ brachte. Es war dasselbe Aden, dessen Gärten solchen Ruhm erlangten, daß man sie zum Wohnsitz der Gerechten stempelte. Sie wurden das Vorbild der elysischen Gefilde, für die Gärten der Hesperiden und der Gärten auf den glücklichen Inseln, denn in diesen heißen Gegenden gibt es für Menschen kein größeres Glück als Schatten und Wassergeplätscher. Ewig mit dem höchsten Wesen im Himmel zu leben oder im Garten, im Paradies zu lustwandeln, bedeutete ein und dasselbe für die, die immer reden, ohne einander zu verstehen, und noch keine klaren Begriffe und passenden Ausdrücke haben konnten.

Nach der Ankunft im Glücklichen Arabien war die Prinzessin ausschließlich bestrebt, ihrem geliebten Vogel die letzten Ehren zu erweisen, die er von ihr verlangt hatte. Ihre schönen Hände errichteten einen kleinen Scheiterhaufen aus Gewürznelken und Zimtrinde. Wie groß war ihre Überraschung, als sie den Scheiterhaufen, nachdem sie die Asche des Vogels daraufgestreut hatte, von selbst in Flammen aufgehen sah. Sehr schnell war alles vom Feuer verzehrt, und an Stelle der Asche lag ein großes Ei, aus dem sie ihren Vogel, prächtiger, als er je gewesen war, emporsteigen sah. Das war der schönste Augenblick ihres ganzen Lebens! Nur ein einziger konnte ihr wertvoller sein; sie ersehnte ihn, aber sie wagte nicht, darauf zu hoffen.

»Ich sehe wohl, daß du der Phönix bist, von dem man mir so viel erzählt hat«, sagte sie zu dem Vogel. »Ich sterbe fast vor Staunen und Freude. Ich habe nie an die Auferstehung geglaubt, aber das Glück, das ich erlebt habe, hat mich davon überzeugt.« – »Die Auferstehung, Herrin, ist die einfachste Sache von der Welt«, entgegnete ihr der Vogel, »es ist auch nicht überraschend, daß man nicht nur einmal, sondern zweimal geboren wird. Alles ist Auferstehung in dieser Welt: Die Raupen erstehen als Schmetterlinge auf, ein Kern, den man in die Erde legt, als Baum. Alle in die Erde verscharrten Tiere erstehen als Kräuter oder Pflanzen wieder und dienen anderen Tieren als Nahrung, von deren Körpern sie bald einen Bestandteil bilden: Alle Teilchen, die zu einem Körper gehörten, werden in andere Wesen umgewandelt. Ich bin allerdings das einzige Geschöpf, dem der große Ormuzd die Gnade zuteil werden ließ, in seiner eigenen, unveränderten Wesensart aufzuerstehen.«

Formosante, die seit dem Tage, da sie Amazan und den Phönix zum ersten Mal gesehen hatte, nicht aus dem Staunen herausgekommen war, sagte zu ihm: »Ich sehe, daß das große Wesen aus deiner Asche einen dir ähnlichen Vogel erstehen ließ. Aber daß du genau dasselbe Wesen mit derselben Seele sein sollst, das kann ich nicht fassen. Was ist denn aus deiner Seele geworden, während ich dich nach deinem Tode in meiner Tasche herumtrug?«

»Aber, mein Gott, Herrin, warum soll es für den großen Ormuzd nicht ebenso leicht sein, sein Wirken mit einem kleinen Funken meines Ichs fortzusetzen, als dieses erst zu beginnen? Er hat mir ehedem Gefühl, Gedächtnis und Denkkraft gegeben, und er gewährt es mir von neuem. Ob er diese Gunst einem in mir verborgenen Atom des Urfeuers erwiesen hat oder der Gesamtheit meiner Organe, das macht doch im Grunde nichts aus: Der Phönix und die Menschen werden niemals erfahren, wie die Sache zugeht. Die größte Gnade, die mir jedoch das höchste Wesen gewährt hat, ist, daß es mich für Euch neu erstehen ließ. Weshalb soll ich nicht die achtundzwanzigtausend Jahre, die ich noch bis zu meiner nächsten Auferstehung zu leben habe, mit Euch und meinem geliebten Amazan verbringen!«

»Lieber Phönix«, erwiderte ihm die Prinzessin, »bedenke, daß die ersten Worte, die du in Babylon an mich richtetest und die ich niemals vergessen werde, in mir die Hoffnung erweckten, meinen teuren Schäfer, den ich vergöttere, wiederzusehen. Wir müssen unbedingt zusammen zu den Gangariden wandern und ihn nach Babylon zurückführen.«

»Das ist auch meine Absicht«, sagte der Phönix, »wir dürfen keine Zeit verlieren. Wir müssen Amazan auf dem kürzesten Wege erreichen, das heißt durch die Luft. Im ›Glücklichen Arabien‹ gibt es zwei Greife, vertraute Freunde von mir, die nur hundertfünfzig Meilen von hier entfernt wohnen. Ich will ihnen durch Taubenpost schreiben, dann werden sie noch vor dem Eintritt der Nacht hier sein. Inzwischen haben wir genügend Zeit, eine kleine bequeme Tragsänfte machen zu lassen, mit Fächern, in die Ihr Euren Mundvorrat hineinlegen könnt. Ihr werdet

Euch mit Eurer Zofe recht behaglich in dieser Sänfte fühlen. Die beiden Greife sind die kräftigsten, die es gibt. Jeder von ihnen wird eine Lehne der Tragsänfte in seine Krallen nehmen. Aber, wie gesagt, jeder Augenblick ist kostbar.« Er ging sofort mit Formosante zu einem ihm bekannten Möbelhändler, um die Sänfte zu bestellen. Vier Stunden später war sie fertig. In die Fächer wurden Königskuchen und Zwiebäcke, die besser schmeckten als die in Babylon, hineingelegt, ferner Zitronat, Ananas, Kokosnüsse, Pistazien und ein Wein aus Eden, der den Schiraswein an Geschmack so weit übertrifft wie dieser den Suresnes-Wein.

Die Sänfte war leicht, bequem und fest. Die beiden Greife kamen zur festgesetzten Zeit in Eden an. Formosante und Irla nahmen in dem Gefährt Platz, und die beiden Greife hoben es wie eine Feder in die Luft. Der Phönix flog entweder hinterher, oder er ließ sich auf der Rückenlehne nieder. Die beiden Greife steuerten mit der Geschwindigkeit eines Pfeiles, der die Luft durchschneidet, auf den Ganges zu. Nur nachts rastete man einige Augenblicke, um zu essen und die beiden Greife einen Schluck trinken zu lassen.

Endlich landete man bei den Gangariden. Das Herz der Prinzessin, das von Hoffnung, Liebe und Freude erfüllt war, klopfte heftig. Der Phönix ließ das Gefährt vor dem Hause Amazans anhalten. Er wollte ihn sprechen, doch Amazan war seit drei Stunden

abwesend, ohne daß man wußte, wohin er gegangen war.
Selbst in der Sprache der Gangariden gibt es kein Wort, das die Verzweiflung Formosantes ausdrücken könnte. »Oh, das habe ich befürchtet!« rief der Phönix. »Die drei Stunden, die Ihr in dem Wirtshaus auf dem Wege nach Basra mit dem unglückseligen König von Ägypten zugebracht habt, haben Euch vielleicht für immer das Glück Eures Lebens geraubt. Ich fürchte, wir haben Amazan unwiederbringlich verloren.«
Er fragte dann die Diener, ob man seine Mutter begrüßen könnte. Sie antworteten, ihr Gatte sei am Abend vorher gestorben und sie sei für niemanden zu sprechen. Der Phönix, der im Hause sehr angesehen war, ließ die Prinzessin von Babylon trotzdem in ein Empfangszimmer führen, dessen Wände mit elfenbeingestreiftem Orangenholz getäfelt waren. Die Unterschäfer und Unterschäferinnen in langen weißen Gewändern mit hochroten Gürteln boten ihr in hundert einfachen Porzellankörben hunderterlei köstliche Dinge an, unter denen sich nicht ein einziger verkappter Tierleib befand: Reis, Sago, Grieß, Nudeln, Makkaroni, Eierkuchen, Rühreier, Sahnekäse, allerhand Gebäck, Gemüse und Früchte von einem Geschmack und einem Duft, wovon man sich unter anderen Himmelsstrichen keine Vorstellung machen kann, und unzählige erfrischende Getränke, mit denen der beste Wein nicht zu vergleichen war.

Während die Prinzessin, auf Rosen gebettet, aß, fächelten sie vier Pfauen, die glücklicherweise stumm waren, mit ihren schimmernden Flügeln. Zweihundert Vögel, hundert Schäfer und hundert Schäferinnen veranstalteten ihr zu Ehren ein zweistimmiges Konzert. Die Nachtigallen, Zeisige, Grasmücken und Finken sangen mit den Schäferinnen den Diskant, die Schäfer Alt und Baß, es war alles wunderschöne Natur. Die Prinzessin gab zu, daß, wenn auch in Babylon mehr Pracht herrsche, die Art der Gangariden doch tausendmal lieblicher und angenehmer sei. Als sie aber diese tröstliche und liebliche Musik hörte, stürzten ihr Tränen aus den Augen, und sie sagte zu ihrer Gefährtin, der jungen Irla: »Die Schäfer und Schäferinnen hier, die Nachtigallen und Zeisige können lieben, soviel sie wollen, und ich muß meinen Gangariden-Helden entbehren, der meiner zärtlichsten und sehnsüchtigsten Gefühle würdig ist.«
Während sie den Imbiß unter Tränen und plötzlich wieder voll Bewunderung zu sich nahm, wandte sich der Phönix an die Mutter Amazans: »Gnädige Frau, Ihr könnt nicht umhin, die Prinzessin von Babylon zu empfangen. Ihr wißt …« – »Ich weiß alles«, entgegnete sie, »bis zu ihrem Abenteuer in der Herberge auf dem Wege nach Basra. Eine Amsel hat mir heute morgen alles erzählt, und diese schreckliche Amsel ist schuld daran, daß mein Sohn aus Verzweiflung toll geworden ist und sein Vaterhaus verlassen hat.« – »Ihr wißt also nicht, daß die Prinzessin mich

auferstehen ließ?« fragte der Phönix. – »Nein, mein teures Kind, ich hörte von der Amsel, du seist tot, und war untröstlich darüber. Dieser Verlust, der Tod meines Gatten und die plötzliche Abreise meines Sohnes haben mich so erschüttert, daß ich für niemanden zu sprechen war. Aber da mir die Prinzessin von Babylon die Ehre erweist, mich zu besuchen, so führe sie unverzüglich zu mir. Ich habe ihr Dinge von äußerster Wichtigkeit zu sagen und möchte, daß du dabei bist.« Vor dem Eintritt der Prinzessin begab sie sich in ein anderes Gemach. Sie hatte keinen leichten Gang, denn sie war immerhin eine Dame im Alter von annähernd dreihundert Jahren. Jedoch waren noch einige Spuren ihrer Schönheit geblieben, und man konnte sich leicht vorstellen, daß sie um das zweihundertdreißigste bis zweihundertvierzigste Jahr herum reizend ausgesehen hatte. Sie empfing Formosante mit achtungsvoller Vornehmheit und auch mit einer gewissen Betrübnis und einem Ausdruck von Anteilnahme, was die Prinzessin lebhaft beeindruckte.

Formosante sprach ihr zuerst ihr Beileid zum Tode ihres Gatten aus. »Ach«, sagte die Witwe, »sein Hinscheiden hat für Euch mehr Bedeutung, als Ihr ahnt.« – »Es geht mir wirklich sehr nahe. Er war der Vater meines...« Bei diesen Worten fing sie an zu weinen. »Nur seinetwegen bin ich hergekommen und habe viele Gefahren erlitten. Um seinetwillen habe ich meinen Vater und den glanzvollsten Hof der ganzen Welt verlassen. Unterwegs bin ich von einem König von Ägypten, den ich verabscheue, aufgehalten worden. Nachdem ich diesem Räuber entkommen bin, habe ich die Lüfte durchquert, um den zu sehen, den ich liebe. Ich bin da, und er flieht vor mir!« Tränen und Schluchzen hinderten sie am Weitersprechen.

»Prinzessin«, sagte die Mutter Amazans zu ihr, »als der König von Ägypten Euch entführen wollte, als Ihr mit ihm in einem Gasthaus auf dem Wege nach Basra speistet, als Eure schönen Hände ihm Schiraswein einschenkten, saht Ihr da nicht eine Amsel im Zimmer umherfliegen?« – »Ja, wirklich, ich erinnere mich. Ich hatte nicht darauf geachtet, aber wenn ich jetzt meine Gedanken zusammennehme, entsinne ich mich sehr wohl, daß in dem Augenblick, als der König von Ägypten aufstand, um mir einen Kuß zu geben, die Amsel mit einem lauten Schrei aus dem Fenster flog und nicht mehr wiederkam.«

»Leider«, rief die Mutter Amazans, »gerade das ist die Ursache unseres Kummers. Mein Sohn hatte diese Amsel ausgesandt, um sich über Euren Gesundheitszustand und alles, was sich in Babylon zutrug, zu unterrichten. Er gedachte, bald wiederzukommen, sich Euch zu Füßen zu legen und Euch sein Leben zu weihen. Ihr wißt nicht, wie sehr er Euch anbetet. Alle Gangariden sind verliebt und treu, doch mein Sohn ist der leidenschaftlichste und treueste von allen. Die Amsel traf Euch in einer Schenke, wo Ihr höchst vergnügt mit dem König von Ägypten und einem garstigen Priester speistet. Schließlich sah sie, wie Ihr dem Monarchen, der den Phönix getötet hatte und gegen den mein Sohn einen unüberwindlichen Abscheu hegt, einen zärtlichen Kuß gabt. Bei diesem Anblick wurde die Amsel von einer verständlichen Empörung ergriffen. Sie flog davon und verwünschte Eure unheilvollen Liebeleien. Heute ist sie zurückgekommen und hat alles erzählt, in welchem Augenblick aber! O Gott, zu welch unglückseliger Zeit! Geradezu der Zeit, als mein Sohn mit mir den Tod seines Vaters und des Phönix beweinte, in der Stunde, als er von mir erfuhr, daß er Euer Vetter ist.«

»O Himmel! Mein Vetter! Wie ist das möglich? Durch welchen Zufall? Auf welchem Wege? Ich wäre glücklich darüber und zugleich sehr unglücklich, weil ich ihn gekränkt habe!«

»Mein Sohn ist Euer Vetter, wie ich es Euch sage«, fuhr die Mutter Amazans fort, »und gleich werde ich es Euch beweisen. Aber indem Ihr meine Verwandte werdet, entreißt Ihr mir meinen Sohn. Er wird den Schmerz nicht überleben können, den ihm der Kuß, den Ihr dem König von Ägypten gabt, zugefügt hat.«

»Ach, liebe Tante«, rief die schöne Formosante, »bei ihm und dem mächtigen Ormuzd schwöre ich, daß dieser unglückselige Kuß keine Sünde war, sondern im Gegenteil der stärkste Liebesbeweis, den ich Eurem Sohn geben konnte. Seinetwegen war ich meinem Vater gegenüber ungehorsam, und seinetwegen

kam ich vom Euphrat nach dem Ganges. Als ich dem nichtswürdigen Pharao von Ägypten in die Hände gefallen war, konnte ich ihm nur entrinnen, indem ich ihn täuschte. Ich rufe Asche und Seele des Phönix als Zeugen auf, die ich damals in meiner Tasche trug. Sie können mich von jedem Verdacht reinigen. Aber wie kann Euer Sohn, der an den Ufern des Ganges geboren ist, mein Vetter sein, da meine Familie seit vielen Jahrhunderten an den Ufern des Euphrat herrscht?«
»Ihr wißt doch, daß Euer Großonkel Aldeus König von Babylon war und von dem Vater des Belos entthront wurde?« entgegnete die ehrwürdige Gangaridin. – »Ja!« – »Ihr wißt, daß sein Sohn Aldeus eine Tochter, die Prinzessin Aldea, hatte, die an Eurem Hofe erzogen worden ist? Dieser Prinz wurde von Eurem Vater verfolgt und flüchtete unter einem anderen Namen in unsere glückliche Gegend. Er heiratete mich, und aus unserer Ehe stammt der junge Prinz Aldeus-Amazan, der schönste, stärkste, tapferste und tugendhafteste aller Sterblichen, der heute der verstörteste ist. Der Ruf Eurer Schönheit lockte ihn zu den Festen in Babylon, und seit jener Zeit liebte er Euch abgöttisch. Und nun werde ich meinen teuren Sohn vielleicht niemals wiedersehen.«
Darauf ließ sie der Prinzessin alle Urkunden des Hauses der Aldeer vorlegen, aber Formosante sah sie kaum an. »Ach«, rief sie aus, »prüft man, was man wünscht? Mein Herz glaubt Euch! Aber wo ist Aldeus-Amazan, mein Verwandter, mein Geliebter,

mein König? Wo ist mein Leben? Wohin hat er sich gewandt! Ich würde ihn in allen Welten suchen, die der Ewige geschaffen hat und deren schönste Zierde er ist. Ich würde ihn auf den Sternen Kanopus, Sheat und Aldebaran suchen und ihn von meiner Liebe und Unschuld überzeugen.«

Der Phönix reinigte die Prinzessin von dem durch die Amsel verschuldeten Verdacht, sie habe dem König von Ägypten aus Liebe einen Kuß gegeben. Es kam jedoch vor allem darauf an, Amazan seinem Irrtum zu entreißen und ihn zurückzubringen. Er schickte Vögel nach allen Himmelsrichtungen aus und setzte die Einhörner in Bewegung. Endlich wurde ihm berichtet, Amazan habe den Weg nach China eingeschlagen. »Gut, brechen wir nach China auf«, rief die Prinzessin. »Es ist keine lange Reise, und ich hoffe bestimmt, Euch in spätestens vierzehn Tagen Euren Sohn zurückzubringen.« Bei diesen Worten vergossen beide, die Mutter des Gangariden und die Prinzessin von Babylon, heiße Tränen der Liebe. Wie oft umarmten sie sich! Welche Herzensergüsse gab es da!

Der Phönix beorderte sofort einen Wagen mit sechs Einhörnern. Die Mutter Amazans stellte zweihundert Reiter zur Verfügung und schenkte der Prinzessin, ihrer Nichte, einige tausend der schönsten Diamanten des Landes. Der Phönix war über das Unglück, das die Schwatzhaftigkeit der Amsel angerichtet hatte, sehr betrübt und befahl allen Amseln, das Land zu verlassen. Dies ist der Grund, weshalb sich an den Ufern des Ganges keine Amsel mehr aufhält.

FÜNFTES KAPITEL

In weniger als acht Tagen brachten die Einhörner Formosante, Irla und den Phönix nach Cambaluc, der Hauptstadt Chinas. Diese Stadt war größer als Babylon, und ihre Pracht war ganz andersartig. Die neuen Dinge und Sitten hätten Formosante ergötzt, wenn sie nicht voll und ganz mit Amazan beschäftigt gewesen wäre.

Sobald der Kaiser von China erfahren hatte, daß die Prinzessin von Babylon vor einem Stadttor stand, sandte er ihr viertausend festlich gekleidete Mandarine entgegen. Alle fielen vor ihr nieder, und jeder einzelne überreichte ihr eine in goldenen Buchstaben auf ein Stück purpurrote Seide geschriebene Begrüßungsadresse. Formosante sagte ihnen, wenn sie viertausend Zungen hätte, würde sie nicht verfehlen, jedem Mandarin sogleich zu antworten, da sie aber nur über eine verfüge, müsse sie bitten, sich der einen bedienen zu dürfen, um allen zusammen ihren Dank auszusprechen. Sie geleiteten sie ehrfurchtsvoll zum Kaiser, der der gerechteste, liebenswürdigste und weiseste Mensch der ganzen Erde war. Er hatte als erster mit seinen kaiserlichen Händen ein kleines

Feld bestellt, um die Landwirtschaft bei seinem Volke in Ansehen zu bringen. Als erster stiftete er einen Tugendpreis, während in allen anderen Ländern die Gesetze – zur Schande sei es gesagt – darauf beschränkt waren, Verbrechen zu bestrafen. Dieser Kaiser hatte gerade aus seinem Staat eine Schar ausländischer Bonzen verjagt, die aus dem Abendland in dem törichten Wahn gekommen waren, ganz China ihre Denkweise aufzwingen zu können, und bereits unter dem Vorwande, Wahrheiten zu verkünden, Reichtümer und Ehren erworben hatten. Als er sie vertrieb, hatte er zu ihnen die folgenden, in den Annalen des Reiches aufgezeichneten Worte gesprochen:

»Ihr könntet hier ebensoviel Unheil anrichten, wie Ihr es anderswo getan habt. Ihr seid gekommen, um dem duldsamsten Volk der Erde Lehren der Unduldsamkeit zu predigen. Ich heiße Euch gehen, damit ich niemals gezwungen bin, Euch zu bestrafen. Ihr werdet mit Ehren bis an die Grenze geleitet werden, und man wird Euch alles geben, was Ihr braucht, um in das Land, aus dem Ihr gekommen seid, zurückkehren zu können. Gehet hin in Frieden, wenn Ihr überhaupt in Frieden leben könnt, und kehret niemals zurück.«

Die Prinzessin von Babylon vernahm mit Freuden diese Worte und dieses Urteil. Sie war nun ganz sicher, am Hofe gut aufgenommen zu werden, da sie weit davon entfernt war, intolerante Ansichten zu haben. Der Kaiser von China, der allein mit ihr tafelte, besaß die Höflichkeit, jede störende Etikette auszuschalten. Sie zeigte ihm den Phönix, der sich, nachdem ihn der Kaiser zärtlich gestreichelt hatte, auf der Lehne seines Sessels niederließ. Gegen Ende der Mahlzeit vertraute ihm Formosante offen den Zweck ihrer Reise an und bat ihn, den schönen Amazan in Cambaluc suchen zu lassen. Sie berichtete ihm von ihren Erlebnissen, ohne die verhängnisvolle Leidenschaft, die ihr Herz für den jungen Helden entflammt hatte, zu verbergen. »Wem sagt Ihr das«, rief der Kaiser von China; »der liebenswürdige Amazan hat mir die Freude gemacht, an meinen Hof zu kommen. Ich war entzückt von ihm. Er ist allerdings tief bekümmert, aber das hat den Zauber seines Wesens nur verstärkt. Keiner meiner Günstlinge hat mehr Geist als er, kein gelehrter Mandarin hat umfassendere Kenntnisse und kein militärischer Mandarin ein kriegerischeres und heldenhafteres Aussehen. Und seine Jugend gibt seinen Fähigkeiten besonderen Wert. Wenn ich das Unglück hätte, so von Tien und Schang-ti verlassen zu sein, daß ich Eroberer sein wollte, so würde ich Amazan bitten, sich an die Spitze meiner Heere zu stellen, und ich wäre sicher, über das ganze Weltall zu triumphieren. Es ist zu schade, daß ihm sein Kummer manchmal den Geist verwirrt.« – »O Herr«, rief Formosante errötend in klagendem, vorwurfsvollem Ton, »warum habt Ihr mich nicht mit ihm zusammen speisen lassen? Ihr tötet mich. Laßt ihn doch augenblicklich herbitten!«

»Er ist heute morgen abgereist, Fürstin, und hat nicht gesagt, wohin.«

Formosante wandte sich an den Phönix: »Hast du jemals ein unglücklicheres Mädchen gesehen als mich? – Aber, Majestät«, fuhr sie fort, »weshalb hat er einen so glänzenden Hof wie den Euren so plötzlich verlassen, an dem man, glaube ich, sein ganzes Leben verbringen möchte?«

»Ich will Euch sagen, Fürstin, was vorgefallen ist«, erwiderte der Kaiser. »Eine der liebenswertesten chinesischen Prinzessinnen hat sich leidenschaftlich in ihn verliebt und hat ihn zu einem Stelldichein für heute mittag in ihrem Hause eingeladen. Bei Tagesanbruch ist er abgereist und hat folgende Zeilen hinterlassen, die meiner Verwandten bittere Tränen gekostet haben:

›Schöne Prinzessin chinesischen Geblüts, Ihr verdient ein Herz, das niemals einer anderen als Euch gehört hat. Ich habe den unsterblichen Göttern gelobt, niemals eine andere zu lieben als Formosante, die Prinzessin von Babylon, und sie zu lehren, wie man seine Wünsche durch Reisen bezähmen kann. Sie hat das Unglück gehabt, einem unwürdigen König von Ägypten zu erliegen. Ich bin der unglücklichste aller Menschen! Ich habe meinen Vater, den Phönix und auch die Hoffnung verloren, von Formosante geliebt zu werden. Ich habe meine bekümmerte Mutter und mein Vaterland verlassen, da ich keinen Augenblick mehr da leben wollte, wo ich erfuhr, daß Formosante einen anderen liebt als mich. Ich habe geschworen, die Welt zu durchwandern und treu zu bleiben. Ihr würdet mich verachten, und die Götter würden mich strafen, wenn ich meinen Eid bräche. Ich hoffe, Ihr findet einen Geliebten und seid ebenso treu wie ich.‹«

»Oh, laßt mir diesen wunderbaren Brief«, sagte die schöne Formosante, »er wird mir ein Trost sein, ich bin glücklich in meinem Leide. Amazan liebt mich! Um meinetwillen verzichtet er auf den Besitz einer chinesischen Prinzessin. Er ist der einzige auf der Welt, der einen solchen Sieg zu erringen vermag. Für mich ist er ein großes Vorbild, aber der Phönix weiß, daß es dessen nicht bedurfte. Es ist sehr grausam, daß man wegen eines unschuldigen Kusses, der nur aus Treue gegeben wurde, seines Geliebten beraubt ist. Wohin hat er sich gewandt? Welchen Weg hat er eingeschlagen? Habt die Güte, es mir zu sagen, und ich breche sofort auf.«

Der Kaiser von China antwortete ihr, er nehme aufgrund der ihm überbrachten Berichte an, daß ihr Geliebter den Weg nach Skythien eingeschlagen habe. Sogleich wurden die Einhörner angespannt, und die Prinzessin nahm nach den herzlichsten Dankesbezeigungen mit dem Phönix, der Kammerfrau Irla und ihrem ganzen Gefolge Abschied vom Kaiser von China.

Als sie in Skythien angelangt war, fiel ihr mehr denn je auf, wie verschieden die Menschen und die Staaten sind und immer sein werden, bis dereinst ein Volk, das aufgeklärter ist als alle anderen, nach tausend Jahren der Finsternis das Licht immer weiter verbreiten wird, bis sich in den Ländern der Barbaren heldenmütige Seelen finden, die Kraft und Ausdauer genug besitzen, um rohe Wesen in Menschen zu verwandeln. In Skythien gab es keine Städte und infolgedessen keine schönen Künste. Man sah nur endlose Steppen, und ganze Völker hausten in Zelten und Wagen. Formosante fragte, in welchem Zelt oder welchem Wagen der König wohne. Man sagte ihr, er sei vor acht Tagen an der Spitze von dreimal hunderttausend Berittenen zum Krieg gegen den König von Babylon aufgebrochen, dessen Nichte, die schöne Prinzessin Aldea, von ihm entführt worden war.

»Er hat meine Base entführt?« rief Formosante. »Auf dieses neue Abenteuer war ich nicht gefaßt. Wie, meine Base, die so überglücklich war, meinem Gefolge anzugehören, ist Königin geworden, und ich bin noch nicht einmal verheiratet!« Unverzüglich ließ sie sich zu den Zelten der Königin führen. Das unerwartete Wiedersehen in diesem fernen Lande, die seltsamen Ereignisse, die sie sich gegenseitig mitzuteilen hatten, verliehen ihrem Zusammentreffen einen Reiz, der sie vergessen ließ, daß sie sich niemals geliebt hatten. Sie begrüßten sich voller Freude, und obwohl sie keine zärtlichen Gefühle füreinander hegten, waren sie tief gerührt. Weinend fielen sie sich in die Arme, und da ihr Zusammentreffen nicht in einem Palast stattfand, herrschte sogar Herzlichkeit und Offenheit zwischen ihnen.

Aldea erkannte den Phönix und auch die vertraute Irla wieder. Ihrer Base, die ihr Diamanten gab, schenkte sie Zobelpelze. Sie sprachen von dem Krieg, den die beiden Könige gegeneinander führten, und sie bedauerten die Männer, die durch die launischen Einfälle ihrer Herrscher gezwungen wurden, sich um eines Zwistes willen abschlachten zu lassen, der zwischen zwei gesitteten Leuten in einer Stunde geschlichtet werden konnte. Vor allem unterhielten sie sich über den schönen Fremdling, den Löwenbezwinger, den Versemacher, den Spender der kostbarsten Diamanten der Welt, den Besitzer des Phönix, den der Bericht einer Amsel zum unglücklichsten aller Menschen gemacht hatte. »Das ist mein teurer Bruder«, sagte Aldea. »Und mein Geliebter«, rief Formosante. »Du hast ihn sicher gesehen, vielleicht ist er sogar noch hier, denn er weiß, daß er dein Bruder ist. Dich hätte er nicht so plötzlich verlassen wie den Kaiser von China.«

»Ob ich ihn gesehen habe!« rief Aldea. »Mein Himmel, vier ganze Tage sind wir zusammen gewesen. Ach, wie sehr ist mein Bruder zu bedauern. Eine falsche Nachricht hat ihn ganz durcheinandergebracht, und er irrt durch die Welt, ohne zu wissen, wohin!

Stell dir vor – dieser Wahn hat ihn so weit getrieben, die Gunst der schönsten Frau ganz Skythiens zurückzuweisen. Gestern ist er abgereist, nachdem er ihr einen Brief geschrieben hat, der sie zur Verzweiflung brachte.« – »Gott sei gelobt!« frohlockte Formosante. »Wieder eine Abweisung mir zuliebe. Mein Glück übersteigt meine Hoffnung, wie mein Unglück alle meine Befürchtungen überboten hat. Laß mir diesen entzückenden Brief bringen, damit ich hier abreise und ihm folge, meine Hände angefüllt mit seinen Opfern. Lebe wohl, liebe Base, Amazan ist bei den Kimmeriern, ich fliege zu ihm hin.«

Aldea fand, daß ihre Base noch närrischer war als ihr Bruder Amazan. Da sie aber diese Krankheit am eigenen Leibe erfahren hatte und die Pracht und Herrlichkeit um des Königs der Skythen willen verlassen hatte und da Frauen sich immer für Narrheiten, deren Ursache Liebe ist, interessieren, empfand sie tiefes Mitgefühl für Formosante, wünschte ihr glückliche Reise und versprach ihr, sich für ihre leidenschaftliche Liebe einzusetzen, wenn sie je das Glück haben sollte, ihren Bruder wiederzusehen.

SECHSTES KAPITEL

Die Prinzessin von Babylon und der Phönix kamen schon nach kurzer Zeit im Reiche der Kimmerier an, das nicht so sehr dicht bevölkert, aber doppelt so groß wie China war. Früher hatte es Skythien sehr geglichen, seit einiger Zeit aber war es ebenso emporgeblüht wie die Reiche, die sich rühmen, anderen Staaten als Vorbild zu dienen.

Nach einigen Tagesmärschen kamen sie in eine sehr große Stadt, die die regierende Kaiserin verschönern ließ. Sie selbst war jedoch nicht anwesend, sie reiste damals von den Grenzen Europas bis zu den Grenzen Asiens, um ihre Staaten mit eigenen Augen zu sehen, um sich ein Urteil über die Mißstände zu bilden und Abhilfe zu schaffen, um das Gedeihen zu fördern und Lehren zu erteilen.

Einer der höchsten Beamten dieser alten Stadt, der von der Ankunft der Babylonierin und des Phönix unterrichtet worden war, beeilte sich, der Prinzessin seine Huldigungen darzubringen und sie im Namen des Landes zu begrüßen, da er überzeugt war, daß seine Gebieterin, die höflichste und herrlichste aller Königinnen, es ihm zu Dank wissen würde, daß er einen so hohen Gast mit den gleichen Aufmerksamkeiten, mit denen sie die Prinzessin überschüttet hätte, empfangen hatte.

Formosante wurde im Palast untergebracht, aus dem man eine Anzahl lästiger Gäste entfernte. Wundervolle Feste wurden ihr zu Ehren veranstaltet. Der kimmerische Edelmann, der ein großer Naturforscher war, unterhielt sich viel mit dem Phönix, wenn die Prinzessin sich in ihre Gemächer zurückgezogen hatte. Der Phönix erzählte ihm, er habe früher schon einmal Kimmerien bereist und erkenne das Land nicht wieder. »Wie konnten nur so tiefgreifende Änderungen in so kurzer Zeit vorgenommen werden?« wollte er wissen. »Es sind noch nicht dreihundert Jahre her, als ich hier eine Wildnis mit all ihren Schrecken sah, und jetzt finde ich an derselben Stelle Kunst, Glanz, Ruhm und feine Lebensart.« – »Ein einziger Mann hat dieses große Werk begonnen, und eine Frau hat es vollendet«, gab der Kimmerier zur Antwort, »eine Frau war eine bessere Gesetzgeberin als die Isis der Ägypter und die Ceres der Griechen. Die meisten Gesetzgeber waren geistig beschränkt und herrschsüchtig; ihr Gesichtskreis ging nicht über das von ihnen regierte Land hinaus. Jeder von ihnen sah sein Volk als das einzige auf Erden an oder als Feind der übrigen Welt. Nur für dieses eine Volk schufen sie Einrichtungen, führten Gebräuche ein, stifteten eine Religion. So sind zum Beispiel die durch ein paar Steinhaufen so berühmt gewordenen Ägypter durch ihren barbarischen Aberglauben verdummt und gesunken. Sie halten die anderen Nationen für unrein und pflegen keinen Umgang mit ihnen. Mit Ausnahme der Höflinge, die sich zuweilen über die Vorurteile des Volkes hinwegsetzen, würde kein Ägypter von einem Teller essen, den zuvor ein Ausländer benutzt hat. Ihre Priester sind grausam und unvernünftig. Besser wäre es, keine Gesetze zu haben und nur auf die Stimme der Natur zu hören, die in unsere Herzen das Gefühl der Gerechtigkeit und Ungerechtigkeit eingegraben hat, als die Menschen solchen unsozialen Gesetzen zu unterwerfen.

Unsere Kaiserin verfolgt völlig entgegengesetzte Ziele. Sie hält es für nötig, daß ihr großes Reich, in dem sich sämtliche Meridiane vereinigen mit allen Völkern, die unter diesen Meridianen wohnen, im Einklang steht. Das erste ihrer Gesetze ist die Duldsamkeit gegen alle Glaubensbekenntnisse und Mitgefühl für alle Irrtümer. Ihr überragender Geist hat erkannt, daß, trotz der verschiedenen Art der Gottesverehrung, die Moral überall die gleiche bleibt. Nach diesem Grundsatz hat sie ihr Volk mit allen übrigen Völkern der Welt verbunden, und die Kimmerier betrachten die Skandinavier und Chinesen als ihre Brüder. Sie tat noch mehr, sie wollte, daß diese wunderbare Duldsamkeit, das erste Bindeglied der Menschen, sich auch bei ihren Nachbarn einbürgere. So hat sie die Bezeichnung ›Landesmutter‹ wohl verdient, und wenn sie weiter so handelt, wird man sie einstmals Wohltäterin der Menschheit nennen.

Vor ihrer Regierungszeit entsandten Männer, die bedauerlicherweise zur Macht gelangt waren, Mörderscharen, um unbekannten Volksstämmen das Erbe ihrer Väter zu entreißen und es mit deren Blut zu tränken. Diese Mörder wurden ›Helden‹ genannt, ihre Räubereien waren ›Ruhmestaten‹. Unsere Herrscherin kennt einen anderen Ruhm: sie ließ Heere aufmarschieren, um Frieden zu stiften, um zu verhindern, daß die Menschen einander schaden, um sie zu zwingen, sich zu vertragen. Auf ihre Fahnen hat sie die allgemeine Eintracht aller Völker geschrieben.«

Der Phönix war von allem begeistert, was ihm der Edelmann erzählte. »Ich bin siebenundzwanzigtausendneunhundert Jahre und sieben Monate auf der Welt und habe noch niemals etwas gesehen, was mit Euren Berichten vergleichbar wäre«, sagte er zu ihm und fragte dann nach seinem Freund Amazan. Der Kimmerier erzählte ihm dasselbe, was die Prinzessin von den Chinesen und den Skythen erfahren hatte. Amazan floh alle Höfe, sobald ihm eine Dame ein Stelldichein anbot, bei dem er zu unterliegen fürchtete. Der Phönix berichtete Formosante von diesem neuen Beweis der Treue, den ihr Amazan gegeben und der noch viel erstaunlicher war, da Amazan nicht vermuten konnte, daß die Prinzessin je davon erfahren würde.

Amazan war nach Skandinavien abgereist. In diesen Gegenden überraschten ihn wieder andere Zustände: Königtum und Freiheit bestanden hier nebeneinander in einer Harmonie, die in anderen Staaten unmöglich erschien. Die Landwirte waren an der Gesetzgebung ebenso beteiligt wie die Großen des Reiches, und ein junger Fürst berechtigte zu der großen Hoffnung, sich der Herrschaft über ein freies Volk würdig zu erweisen.

Und das merkwürdigste war: der einzige König der Welt, der durch einen besonderen Vertrag mit seinem

Volke rechtmäßiger Alleinherrscher war, war zugleich der jüngste und gerechteste aller Könige.
Bei den Sarmaten fand Amazan einen Philosophen auf dem Thron. Man konnte ihn den *König der Anarchie* nennen, denn er war das Oberhaupt von hunderttausend kleinen Königen, von denen jeder mit einem einzigen Worte die Beschlüsse aller anderen zunichte machen konnte. Äolus brauchte nicht mehr Mühe, um alle sich unaufhörlich bekämpfenden Winde im Zaum zu halten, als dieser König aufwenden mußte, um die Geister auszusöhnen. Er glich dem von einem ewigen Sturm umtosten Steuermann, und dennoch zerbarst das Schiff nicht, denn der Fürst war ein ausgezeichneter Lotse.
Während Amazan alle diese von seinem Vaterland so grundverschiedenen Länder durchquerte, wies er standhaft jede Frauengunst, die sich ihm bot, zurück und war noch immer verzweifelt darüber, daß Formosante dem König von Ägypten einen Kuß gegeben hatte. Er hielt stets an seinem Entschluß fest, ihr das Beispiel einer unvergleichlichen, unerschütterlichen Treue zu geben.
Die Prinzessin von Babylon folgte mit dem Phönix der Spur Amazans überallhin und blieb nur immer einen oder zwei Tagesmärsche hinter ihm zurück, ohne daß der eine des Wanderns überdrüssig wurde oder die andere auch nur einen Augenblick versäumt hätte, ihm zu folgen.
Sie durcheilten ganz Germanien und bewunderten

die Fortschritte, die Vernunft und Philosophie im Norden gemacht hatten. Alle Fürsten besaßen dort Bildung, alle erkannten die Gedankenfreiheit an. Ihre Erziehung hatte man nicht Menschen anvertraut, denen daran lag, sie zu täuschen, oder die selbst getäuscht worden waren. Man hatte sie zur Beachtung der allgemeinen Moral und zur Verachtung jeden Aberglaubens erzogen. Aus all diesen Staaten war ein unsinniger Brauch, der verschiedene südliche Länder geschwächt und entvölkert hatte, verbannt worden, und zwar die Sitte, zahllose Individuen beiderlei Geschlechts ewig voneinander zu trennen, sie bei lebendigem Leibe in riesigen Kerkern einzugraben und sie schwören zu lassen, niemals Umgang miteinander zu pflegen. Dieser Gipfel des Wahnsinns, der jahrhundertelang gutgeheißen worden war, hatte die Erde ebensosehr verwüstet wie die grausamsten Kriege.

Die Fürsten des Nordens hatten endlich eingesehen, daß, wenn man Gestüte haben wollte, die kräftigsten Hengste nicht von den Stuten getrennt werden durften. Sie hatten auch noch andere ebenso schädliche und eigenartige Irrtümer beseitigt – kurzum, in diesen großen Ländern hatten die Menschen den Mut, vernünftig zu sein, während man sich anderswo noch immer einbildete, sie nur regieren zu können, solange sie Dummköpfe seien.

SIEBENTES KAPITEL

Amazan kam zu den Batavern. Sein kummervolles Herz empfand süße Befriedigung, als er dort ein schwaches Abbild des glücklichen Gangaridenlandes fand: Freiheit, Gleichheit, Reinlichkeit, Überfluß und Duldsamkeit. Die Damen des Landes aber waren so kalt, daß keine, wie sonst überall, ihm Entgegenkommen zeigte. Er brauchte also keinen Widerstand zu leisten. Hätte er sich jedoch diesen Damen genähert, so hätte er sie, eine nach der anderen, bezwungen, ohne daß ihn eine einzige geliebt hätte; aber nichts lag ihm ferner als die Absicht, Eroberungen zu machen.

Formosante hatte ihn bei diesem gefühllosen Volk beinahe eingeholt: Sie kam nur einen Augenblick zu spät.

Amazan hatte von den Batavern so viel Rühmliches von einer Insel, genannt Albion, gehört, daß er beschloß, sich mit seinen Einhörnern dorthin einzuschiffen. Bei günstigem Ostwind trug ihn das Schiff in vier Stunden an die Küste des Landes, das berühmter ist als Tyrus und die Insel Atlantis.

Die schöne Formosante, die ihm an die Ufer der Dwina, der Weichsel, der Elbe, der Weser gefolgt war, gelangte schließlich an die Mündung des Rheins, der seine reißenden Wasser in das Deutsche Meer ergoß. Sie erfuhr, daß ihr teurer Geliebter nach der Küste Albions abgesegelt war; sie glaubte sein Schiff noch zu erblicken, und sie stieß Freudenschreie aus, über die alle batavischen Damen verwundert waren, da sie sich nicht vorzustellen vermochten, daß ein junger Mann solche Freude verursachen konnte.

Um den Phönix machten sie nicht viel Aufhebens, weil sie meinten, seine Federn seien wahrscheinlich nicht so leicht verkäuflich wie die ihrer Enten und Gänse.

Die Prinzessin von Babylon mietete zwei Schiffe, um mit ihrem ganzen Gefolge nach jener glückseligen Insel zu fahren, die den Gegenstand all ihrer Wünsche, den Inhalt ihres Lebens, den Gott ihres Herzens beherbergte.

Ein stürmischer Westwind erhob sich in dem Augenblick, als der getreue und unglückliche Amazan auf den Boden Albions den Fuß setzte. Die Schiffe der Prinzessin von Babylon konnten nicht auslaufen. Formosantes Herz krampfte sich zusammen, bitterer Schmerz, tiefe Schwermut befielen sie. Voller Qual warf sie sich aufs Bett und wartete darauf, daß der Wind umschlug; doch acht ganze Tage blies er so heftig, daß sie in Verzweiflung geriet. Während dieser endlosen acht Tage ließ sie sich von Irla Romane vorlesen. Nicht etwa, daß die Bataver Romane zu schreiben verstanden, doch da sie Händler in der ganzen Welt waren, verkauften sie den Geist anderer Völker ebenso wie alle anderen Waren. Die Prinzessin ließ bei Marc-Michel Rey alle Erzählungen kaufen, die die Ausoner und Welschen geschrieben hatten, deren

Absatz aber auf weise Art bei diesen Völkern verboten war, um die Batayer zu bereichern. Sie hoffte, in einer dieser Geschichten Erlebnisse zu finden, die den ihren glichen und die ihren Kummer zu lindern vermochten. Irla las, der Phönix äußerte seine Meinung, und die Prinzessin fand weder in der *Emporgekommenen Bäuerin* noch im *Sofa* noch in den *Vier Fahr-ed-Dins* etwas, das die geringste Beziehung zu ihren Abenteuern gehabt hätte. Jeden Augenblick unterbrach sie die Lektüre und fragte, woher der Wind käme.

ACHTES KAPITEL

Unterdessen war Amazan in seiner mit sechs Einhörnern bespannten Karosse schon auf dem Wege nach der Hauptstadt Albions und träumte von seiner Prinzessin. Plötzlich erblickte er eine Kutsche, die in einen Graben gestürzt war. Die Diener waren weggegangen, um Hilfe zu holen, der Besitzer aber saß ruhig in seinem Wagen und vertrieb sich ohne das geringste Zeichen von Ungeduld die Zeit mit Rauchen, denn damals rauchte man. Er hieß Mylord *What's-then*, was in der Sprache, in die ich diese Memoiren übersetzte, etwa Mylord »Was-tut's« bedeutet.

Amazan stieg schnell aus und eilte auf ihn zu, um ihm behilflich zu sein. Seine Kraft war der aller anderen Menschen so sehr überlegen, daß es ihm gelang, den Wagen ganz allein wieder aufzurichten. Mylord »Was-tut's« begnügte sich zu sagen: »Was für ein starker Mann!« Ein paar Bauernlümmel, die aus der Nachbarschaft herbeigeeilt waren, gerieten in Wut darüber, daß man sie unnötigerweise gerufen hatte, und wollten sich an dem Fremden rächen. Sie bedrohten ihn, riefen ihm *fremder Lumpenhund* zu und wollten ihn schlagen.

Amazan ergriff mit jeder Hand zwei und schleuderte sie zwanzig Schritte weit fort. Die anderen ließen ihn in Ruhe, grüßten ihn und baten um ein Trinkgeld. Er gab ihnen mehr Geld, als sie je gesehen hatten. Mylord Was-tut's wandte sich an ihn: »Ich schätze Sie, essen Sie in meinem Landhaus mit mir zu Mittag. Es liegt nur drei Meilen von hier.« Er stieg in Amazans Wagen, weil seiner durch den Unfall nicht in Ordnung war.

Nach einer Viertelstunde tiefen Schweigens sah er Amazan eine Weile an und sagte: »How d'ye do?«, wörtlich übersetzt: »Wie tun Sie tun?«, dem Sinn nach jedoch: *Wie geht es Ihnen?*, was in allen Sprachen rein nichts besagt. »Sie haben da sechs hübsche Einhörner«, fügte er hinzu und rauchte weiter.

Der Reisende erwiderte, seine Einhörner, mit denen er aus dem Lande der Gangariden komme, ständen ihm zur Verfügung. Dann benutzte er die Gelegenheit, ihm von der Prinzessin von Babylon und dem verhängnisvollen Kuß zu erzählen, den sie dem König von Ägypten gegeben hatte. Der andere antwortete darauf nichts, denn es war ihm völlig gleichgültig, ob es in der Welt einen König von Ägypten und eine Prinzessin von Babylon gab. Auch in der nächsten Viertelstunde fiel kein Wort; dann fragte er schließlich seinen Gefährten wieder, *was er tun tue* und ob man im Lande der Gangariden gutes *Roastbeef* zu essen bekomme. Der Reisende antwortete ihm mit gewohnter Höflichkeit, daß man an den Ufern des Ganges seine Brüder nicht zu verspeisen pflege.

Er setzte ihm das System auseinander, dem sich viele Jahrhunderte später auch Pythagoras, Porphyrios und Jamblichos anschlossen. Darüber schlief Mylord ein und erwachte erst wieder, als man vor seinem Hause anlangte.

Er hatte eine reizende junge Frau, der die Natur eine Seele gegeben hatte, die ebenso lebhaft und gefühlvoll wie die ihres Gatten gleichmütig war. Einige englische Großgrundbesitzer waren an diesem Tage zum Mittagessen geladen. Unter ihnen waren die verschiedensten Charaktere vertreten, denn da das Land fast immer von Fremden regiert worden war, hatten die Familien, die mit diesen Fürsten gekommen waren, ganz verschiedene Sitten eingeführt. In dieser Gesellschaft gab es äußerst liebenswürdige Menschen, andere zeigten einen überragenden Geist, wieder andere gründliches Wissen.

Die Herrin des Hauses hatte nichts von der unnatürlichen und linkischen Art, von der Steifheit und Prüderie, die man damals den jungen Frauen Albions nachsagte. Sie verbarg keineswegs unter herablassender Haltung oder gekünsteltem Schweigen ihre unproduktiven Gedanken und die beschämende Verlegenheit, nichts sagen zu können. Keine Frau war anziehender als sie. Sie empfing Amazan mit ihrer angeborenen Höflichkeit und Anmut. Die ungewöhnliche Schönheit des Fremden und der schnelle Vergleich, den sie zwischen ihm und ihrem Gatten anstellte, beeindruckte sie sichtlich.

Es wurde aufgetragen. Die Hausherrin ließ Amazan an ihrer Seite Platz nehmen, und da sie von ihm gehört hatte, daß die Gangariden nichts zu sich nehmen, was von den Göttern die himmlische Gabe des Lebens erhalten hatte, setzte sie ihm allerlei Puddings vor. Seine Schönheit, seine Kraft, die Sitten und Gebräuche der Gangariden, der Fortschritt der Künste, die Religion und die Regierung wurden zum Gegenstand einer angenehmen und lehrreichen Unterhaltung während des Mahles, das sich bis in die Nacht hinzog. Mylord »Was-tut's« trank viel und sprach kein Wort.

Während Mylady nach dem Essen Tee einschenkte und den jungen Mann mit den Augen verschlang, unterhielt er sich mit einem Parlamentsmitglied, denn jedermann weiß, daß es schon damals ein Parlament *Witenagemot* gab, was soviel wie *Versammlung der Gescheiten* heißt. Amazan unterrichtete sich über die Verfassung, Gesetze, die Stärke des Heeres, die Sitten, die Künste, die dieses Land so berühmt machten. Der betreffende Herr äußerte sich folgendermaßen: »Wir sind lange Zeit nackt herumgelaufen, obwohl unser Klima nicht sehr warm ist, und lange sind wir von den Menschen, die aus dem alten, von dem Tiberwasser bespülten Lande des Saturn kamen, wie Sklaven behandelt worden. Doch wir haben uns selbst noch viel mehr Übles zugefügt als die, die uns zuerst besiegten. Einer unserer Könige hat sich so weit erniedrigt, sich als Untertan eines Priesters zu erklären, der auch an den Ufern des Tibers wohnt und der *Alte von den sieben Hügeln* genannt wurde. Diese sieben Hügel hatte das Schicksal lange dazu bestimmt, einen großen Teil Europas zu beherrschen, das damals von Barbaren bewohnt wurde.

Nach dieser Zeit der Erniedrigung kamen Jahrhunderte der Grausamkeit und der Anarchie. Unsere Insel, über die mehr Stürme toben als über die umgebenden Meere, ist durch unsere Zwietracht verwüstet und mit Blut getränkt worden. Mehrere gekrönte Häupter wurden zum Tode verurteilt, mehr als hundert Fürsten königlichen Geblüts endeten ihr Leben auf dem Schafott. Ihren Anhängern riß man das Herz aus der Brust und schlug es ihnen um die Ohren. Die Geschichte unseres Landes hätte der Henker schreiben müssen, denn er war es, der alle Ereignisse zum Abschluß brachte. Es ist noch nicht allzulange her, daß einige Männer, die schwarze Mäntel trugen, und andere, die ein weißes Hemd über ihre Jacken zogen, von tollwütigen Hunden gebissen wur-

den und nun, um das Unglück vollzumachen, das ganze Volk mit ihrer Tollwut ansteckten. Alle Bürger wurden Mörder oder Ermordete, Henker oder Gehenkte, Erpresser oder Sklaven vom Namen Gottes oder auf der Suche nach dem Heiland.
Wer hätte geglaubt, daß aus diesem schauerlichen Abgrund, diesem Chaos von Mißhelligkeit, Grausamkeit, Unwissenheit und Fanatismus die vollkommenste Regierung, die es wohl heute auf der Welt gibt, hervorgehen könnte? Ein reicher, vielverehrter König, allmächtig, wenn es Gutes, machtlos, wenn es Böses zu tun gilt, steht an der Spitze einer freien, kriegstüchtigen, handeltreibenden und aufgeklärten Nation. Die Großen des Reiches und die Vertreter der Städte teilen sich mit dem Herrscher in die Gesetzgebung.
Wie ein seltsames Verhängnis mutet es an, daß stets Unordnung, Bürgerkrieg, Anarchie und Armut das Land verheerten, als die Könige unumschränkt herrschten. Ruhe, Reichtum und allgemeines Wohlleben zogen erst bei uns ein, als die Könige erkannten, daß sie nicht absolute Herrscher sein dürfen. Alles geriet in Verfall, wenn man über unverständliche Dinge stritt, und alles ging seinen rechten Gang, wenn man sich nicht mehr damit befaßte. Unsere siegreiche Flotte trägt unseren Ruhm über alle Meere, und die Gesetze schützen unseren Besitz, kein Richter kann sie willkürlich auslegen, kein Haftbefehl wird ohne Begründung erlassen. Wie Verbrecher

würden wir die Richter bestrafen, die es wagten, einen Bürger zum Tode zu verurteilen, ohne die Zeugen anzugeben, die ihn beschuldigen, und die Gesetze, die ihn verdammen. Es gibt freilich bei uns immer zwei Parteien, die sich mit der Feder und allerlei Intrigen bekämpfen, doch sie einigen sich stets, wenn es gilt, die Waffen zur Verteidigung des Vaterlandes und der Freiheit zu ergreifen. Diese beiden Parteien überwachen sich gegenseitig, und eine hindert die andere daran, die heilige Grundlage der Gesetze zu verletzen. Sie hassen sich, aber sie lieben den Staat; sie sind zwei eifersüchtige Liebhaber, die der gleichen Geliebten um die Wette dienen.

Dieselben geistigen Fähigkeiten, die uns die Rechte der menschlichen Natur erkennen und schützen ließen, haben es uns ermöglicht, die Wissenschaften auf eine Höhe zu bringen, wie sie für die Menschen erreichbar ist. Eure Ägypter, die tüchtige Mechaniker sein sollen, Eure Inder, die man für große Philosophen hält, Eure Babylonier, die sich rühmen, vierhundertdreißigtausend Jahre lang die Gestirne beobachtet zu haben, die Griechen, die so viele Phrasen und so wenig positive Dinge geschrieben haben, wissen tatsächlich nichts im Vergleich zu unseren kleinsten Schulkindern, die die Erfindungen unserer großen Meister studieren. Wir haben der Natur in hundert Jahren mehr Geheimnisse abgelauscht, als das Menschengeschlecht im Laufe von vielen Jahrhunderten entdeckt hat.

Das ist der heutige Stand der Dinge. Ich habe Ihnen weder das Gute noch das Schlimme verborgen, weder unsere Schandflecken noch unseren Ruhm, und habe nichts übertrieben.«

Als Amazan diese Rede hörte, war er von dem Wunsche erfüllt, sich in die erhabenen Wissenschaften, über die man gesprochen hatte, zu vertiefen. Und wenn seine Leidenschaft für die Prinzessin von Babylon, die Ehrfurcht vor seiner Mutter, die er verlassen hatte, und die Liebe für sein Vaterland nicht so laut zu seinem zerrissenen Herzen gesprochen hätten, so hätte er sein Leben gern auf der Insel Albion verbracht. Aber der unglückliche Kuß, den die Prinzessin dem König von Ägypten gegeben hatte, ließ ihm nicht genügend geistige Freiheit, um sich den hohen Wissenschaften zu widmen.

»Da ich es mir zum Gesetz gemacht habe, die Welt zu durchwandern und mir selber zu entrinnen, liegt mir – ich gestehe es – sehr viel daran, das antike Land des Saturn, das Volk am Tiber und an den sieben Hügeln, dem ihr früher unterworfen waret, kennenzulernen. Es ist zweifellos das bedeutendste Volk der ganzen Welt.« – »Ich rate Ihnen, diese Reise zu machen«, erwiderte der Sohn Albions, »vor allem, da Sie Musik und Malerei lieben. Wir selber tragen öfter unsere Langeweile nach den sieben Hügeln. Sie werden aber sehr erstaunt sein, wenn Sie die Nachkommen unserer Eroberer kennenlernen.«

Das Gespräch dauerte lange, und obwohl der schöne

Amazan etwas müde war, sprach er überaus gefällig und mit so einnehmender Stimme, benahm sich so höflich und anziehend, daß die Herrin des Hauses nicht umhinkonnte, ihn auch in ein Gespräch zu ziehen. Sie drückte ihm zärtlich die Hand, während sie sich mit ihm unterhielt, und blickte ihn dabei mit feuchtschimmernden Augen an, mit Augen, die heißes Verlangen aller Sinne erweckten. Sie drängte ihn, zum Abendessen und auch über Nacht zu bleiben. Jedes Wort, jede Bewegung, jeder Blick entflammten ihre Leidenschaft. Als alle anderen sich zurückgezogen hatten, schrieb sie ihm ein Billett, und sie zweifelte nicht daran, daß er ihr in ihrem Bett den Hof machen würde, während Mylord »Was-tut's« in dem seinen schlief. Amazan fand den Mut, zu widerstehen: Eine so wunderbare Wirkung verursacht ein Fünkchen Wahnsinn in einer starken und im Tiefsten verwundeten Seele.

Amazan sandte, wie er es immer getan hatte, der Dame eine respektvolle Antwort, in der er seinen heiligen Eid hervorhob und auch die unbedingte Pflicht, die Prinzessin zu lehren, daß sie ihre Leidenschaft bezähmen müsse. Dann ließ er seine Einhörner anspannen und fuhr wieder ins Bataverland; die ganze Gesellschaft blieb in höchster Bewunderung und die Herrin des Hauses in tiefster Verzweiflung zurück. Vor lauter Kummer ließ die Dame den Brief herumliegen, und Mylord »Was-tut's« las ihn am nächsten Morgen. »Was ist das für dummes Zeug«, sagte er achselzuckend und ging mit einigen Trunkenbolden auf die Fuchsjagd.

Amazan fuhr schon auf dem Meere dahin, ausgerüstet mit einer Landkarte, die ihm der gelehrte Sohn Albions geschenkt hatte, als er sich mit ihm bei Mylord »Was-tut's« unterhielt. Ganz erstaunt sah er einen großen Teil der Erde auf einem kleinen Blatt Papier vor sich liegen.

Seine Augen und seine Phantasie verirrten sich auf dieser kleinen Fläche. Er sah den Rhein, die Donau, die Tiroler Alpen, die damals andere Namen hatten, und alle Länder, die er durchqueren mußte, um in die Stadt der sieben Hügel zu gelangen. Vor allem aber blieben seine Augen auf dem Lande der Gangariden haften, auf Babylon, wo er seine geliebte Prinzessin zuerst gesehen, und auf jenem unheilvollen Basra, wo sie dem König von Ägypten einen Kuß gegeben hatte. Er seufzte und vergoß Tränen; aber er sah ein, daß der Sohn Albions, der ihm die Welt im verkleinerten Maßstabe zum Geschenk gemacht, keineswegs unrecht hatte, als er behauptete, die Menschen an den Ufern der Themse seien tausendmal gebildeter als die, die an den Ufern des Nil, Euphrat und des Ganges wohnen.

Als er ins Land der Batayer zurückkehrte, fuhr Formosante mit ihren beiden Schiffen, die mit vollen Segeln dahinschossen, gen Albion. Die Schiffe Amazans und Formosantes kreuzten sich, ja, sie berührten sich fast. Die beiden Liebenden waren so nahe beieinander und konnten es doch nicht ahnen. Oh, wenn sie es gewußt hätten! Aber das unerbittliche Schicksal erlaubte es nicht.

NEUNTES KAPITEL

Gleich nachdem Amazan den ebenen, schlammigen Boden im Bataverland betreten hatte, brach er blitzschnell nach der Stadt mit den sieben Hügeln auf. Er mußte den südlichen Teil Germaniens durchqueren, wo er alle vier Meilen auf einen Fürsten, eine Fürstin, Hofdamen und Bettler stieß. Er war über die Koketterie erstaunt, die ihm diese Ehrendamen überall mit deutscher Offenheit entgegenbrachten, und reagierte nur mit bescheidener Ablehnung darauf. Nachdem er die Alpen überschritten hatte, schiffte er sich auf dem Dalmatinischen Meer ein und landete in einer Stadt, die allem, was er bisher gesehen hatte, in keiner Weise glich: Das Meer bildete die Straßen, die Häuser waren ins Wasser gebaut. Die wenigen öffentlichen Plätze, die es in dieser Stadt gab, wimmelten von Männern und Frauen, die zwei Gesichter hatten, das eine, das ihnen die Natur gegeben hatte, und eins aus schlechtbemalter Pappe, die darüberhing, so daß die Leute wie Gespenster aussahen. Die Fremden, die in diese Gegend kamen, kauften sich als erstes solch ein Gesicht, wie man woanders Mützen oder Schuhe kauft. Amazan verschmähte diese unnatürliche

Mode und zeigte sich so, wie er war. In dieser Stadt waren zwölftausend Mädchen in das große Buch der Republik eingetragen, Mädchen, die dem Staat großen Nutzen brachten, da sie den angenehmsten und vorteilhaftesten Handel trieben, der je ein Volk bereichert hat. Die gewöhnlichen Kaufleute schickten unter großem Risiko und mit großen Unkosten und Gefahren Stoffe in den Orient; diese schönen Händlerinnen handelten ohne jedes Risiko immer erneut mit ihren Reizen. Sie präsentierten sich alle dem schönen Amazan und hießen ihn die Wahl treffen. Er rief jedoch den Namen der unvergleichlichen Prinzessin von Babylon aus, schwur bei den unsterblichen Göttern, daß sie schöner sei als die zwölftausend venezianischen Mädchen zusammen, und entfloh, so schnell er konnte. »Süße Schelmin«, rief er im Überschwang der Gefühle aus, »ich werde dich lehren, treu zu sein.«

Die gelben Wogen des Tibers, verpestete Sümpfe, abgezehrte, hagere Einwohner in alten durchlöcherten Mänteln, durch die ihre trockene braune Haut hindurchschimmerte, tauchten schließlich vor ihm auf und verrieten ihm, daß er vor den Toren der Sieben-Hügel-Stadt angekommen sei, der Stadt der Helden und Gesetzgeber, die einen großen Teil der Welt erobert und zivilisiert hatten.

Er hatte sich vorgestellt, daß er am Triumphbogen fünfhundert unter dem Befehl von Helden stehende Bataillone antreffen würde und im Senat eine Ver-

sammlung von Halbgöttern, die Gesetze für die Welt aufstellten.
Statt der Heere sah er etwa dreißig armselige Kerle, die aus Angst vor der Sonne mit Schirmen auf die Wache zogen. Er kam an einen Tempel, der ihm sehr schön, doch nicht so prunkvoll wie der Tempel Babylons erschien, und war höchst überrascht, als er darin Männer mit Frauenstimmen singen hörte.
»Wirklich«, sagte er, »dieses antike Land des Saturn ist eine spaßige Gegend. Ich habe eine Stadt gesehen, in der niemand sein eigenes Gesicht zeigte, und nun finde ich eine, in der die Männer nicht einmal einen Bart und eine Stimme haben.«
Man erzählte ihm, daß diese Sänger keine Männer mehr seien; man habe sie ihrer Männlichkeit beraubt, damit ihre Lobgesänge auf die zahlreichen verdienstvollen Männer lieblicher klängen. Amazan verstand nichts von diesen Reden. Die Herren baten ihn zu singen. Er sang ein gangaridisches Lied mit der ihm eigenen Anmut; sein Bariton klang sehr schön. »Oh, Signor«, riefen die Herren, »Sie würden einen schönen Sopran haben, wenn…« – »Wenn? Was wollen Sie damit sagen?« – »Oh, Signor?« – »Nun?« – »Wenn … wenn Sie keinen Bart hätten!« Und nun setzten sie ihm sehr amüsant und mit komischen Gebärden, wie es ihre Art war, auseinander, um was es sich handelte. Amazan war ganz verblüfft. »Ich bin weit herumgekommen«, sagte er, »aber etwas so Unsinniges habe ich noch nie gehört.«

Als man genug gesungen hatte, schritt der *Alte von den sieben Hügeln* mit großem Geleit zur Tür des Tempels: Mit emporgehobenen Daumen und zwei ausgestreckten und zwei gekrümmten Fingern schnitt er die Luft in vier Teile und sagte dazu in einer Sprache, die man nicht mehr sprach, die Worte: *Der Stadt und der Welt!* Der Gangaride konnte nicht begreifen, daß zwei Finger so weit reichen sollten.

Bald darauf sah er den ganzen Hofstaat des Herrn der Welt vorbeischreiten. Er bestand aus würdevollen Persönlichkeiten, die einen in roten, die anderen in violetten Gewändern. Fast alle blickten den schönen Amazan mit sanften Augen an, machten ihm Verbeugungen, und einer sagte zum anderen: *San Martino, che bel ragazzo! San Pancratio, che bel fanciullo!*

Die Fremdenführer, deren Aufgabe es war, den Fremden die Sehenswürdigkeiten der Stadt zu zeigen, geleiteten ihn gleich vor alte, baufällige Gebäude, in denen nicht einmal ein Maultiertreiber übernachtet hätte; früher waren es aber würdige Denkmale der Größe eines königlichen Volkes. Er sah zweihundert Jahre alte Gemälde, Statuen, die mehr als zweitausend Jahre alt waren, und er hielt sie für Meisterwerke. »Werden bei Euch jetzt noch solche Kunstwerke geschaffen?« – »Nein, Exzellenz«, antwortete ihm ein Fremdenführer, »aber wir verachten die übrige Welt, weil wir diese Seltenheiten bewahren. Wir sind gewissermaßen Trödler, die ihren Ruhm durch die alten Kleider gewinnen, die sie in ihren Läden haben.«

Amazan wollte den Palast des Fürsten ansehen und wurde hingeführt. Dort traf er Männer in Violett, die die Staatseinkünfte nachzählten: so viel von Donauländern, so viel aus einem anderen an der Loire, am Guadalquivir oder an der Weichsel. »Oh«, rief Amazan, nachdem er seine Landkarte studiert hatte, »Euer Herr hat also, wie die alten Helden der sieben Hügel, Besitzungen in ganz Europa?« – »Nach göttlichem Recht gehört ihm die ganze Welt«, antwortete ihm einer der Violetten, »und es hat sogar eine Zeit gegeben, in der seine Vorgänger fast die Weltherrschaft besaßen. Ihre Nachfolger sind jedoch so großmütig, sich heute mit etwas Geld zu begnügen, das ihnen die Könige, ihre Untertanen, als Tribut entrichten lassen.«

»Euer Herr ist also wirklich der König der Könige? Ist das sein Titel?« – »Nein, Exzellenz, sein Titel lautet ›Diener der Diener‹; ursprünglich war er Fischer und Türhüter, und deshalb sind auch Schlüssel und Netze das Zeichen der Würde. Er erteilt jedoch allen Königen Befehle. Es ist noch nicht lange her, da sandte er einem König des Keltenlandes hundertundeinen Befehl – und der König gehorchte.«

»Euer Fischer hat also fünf- oder sechstausend Mann entsandt, um seine hundertundein Verordnungen ausführen zu lassen?« wollte Amazan wissen. »Keineswegs, Exzellenz, unser Heiliger Vater ist nicht reich genug, um auch nur zehntausend Soldaten zu unterhalten, aber er hat vier- bis fünftausend göttliche Propheten in den anderen Ländern. Diese Propheten, Eingeborene aller Länder, werden – wie sich's gehört – auf Kosten der Bevölkerung ernährt. Sie verkünden im Namen Gottes, daß mein Herr mit seinen Schlüsseln alle Schlösser zu öffnen und schließen vermag und vor allem die der Geldschränke. Ein normannischer Priester, der bei dem König, von dem ich spreche, das Amt eines Vertrauten seiner Gedanken bekleidet, überzeugte ihn davon, daß er unweigerlich den hundertundein Anliegen meines Herrn zu gehorchen habe, denn Eure Exzellenz müssen wissen, daß eines der Vorrechte des *Alten von den sieben Hügeln* darin besteht, immer recht zu haben, ob er nun zu sprechen oder zu schreiben geruht.« – »Potztausend«, rief Amazan, »welch ein merkwürdiger Mann. Ich hätte Lust, mit ihm zu speisen.« – »Exzellenz, auch wenn Ihr König wäret, könntet Ihr nicht mit ihm zusammen an einer Tafel sitzen. Alles, was er für Euch tun könnte, wäre, neben seinem Tisch einen viel kleineren und niedrigeren für Euch dekken zu lassen. Aber wenn Ihr der Ehre teilhaftig werden wollt, mit ihm zu sprechen, werde ich bei ihm um eine Audienz nachsuchen vermittels der ›buona mancia‹, die Ihr mir zu geben die Güte haben werdet.« – »Sehr gern!« erwiderte der Gangaride. Der Violette verbeugte sich. »Ich werde Euch morgen bei ihm einführen«, sagte er; »Ihr müßt dreimal die Knie beugen und die Füße des *Alten von den sieben Hügeln* küssen!« Bei diesen Worten brach Amazan in ein so unbändiges Gelächter aus, daß er beinahe erstickt wäre. Er ging hinaus und lachte Tränen, bis er in seiner Herberge angelangt war, und auch dort lachte er noch lange. Zu seinem Mittagsmahle erschienen zwanzig bartlose Männer und zwanzig Geigenspieler, die ihm zu Ehren ein Konzert veranstalteten. Den ganzen Rest des Tages über huldigten ihm die angesehensten Männer der Stadt. Sie machten ihm noch weit merkwürdigere Vorschläge als den, dem *Alten von den sieben Hügeln* die Füße zu küssen. Da Amazan ungemein gesittet war, glaubte er anfangs, die Herren hielten ihn für eine Dame, und er klärte sie vorsichtig und höflich über ihren Irrtum auf. Als ihn jedoch zwei oder drei allzu entschlossene Violette ungestüm bedrängten, warf er sie kurzerhand zum Fenster hinaus, ohne seiner Meinung nach damit der schönen Formosante ein zu großes Opfer zu bringen. Er verließ schleunigst diese Stadt des Herren der Welt, wo man einem Greis die große Zehe küssen sollte, so als habe er die Wange am Fuß, und wo man sich jungen Leuten mit noch wunderlicheren Bräuchen näherte.

ZEHNTES KAPITEL

Amazan, das Vorbild der Standhaftigkeit, reiste von einer Provinz in die andere, wies alle Lockungen zurück, blieb immer der Prinzessin von Babylon treu

und bewahrte stets seinen Zorn gegen den König von Ägypten; schließlich gelangte er in die neue Hauptstadt der Gallier. Diese Stadt hatte wie so viele andere alle Grade der Barbarei, der Unwissenheit, der Torheit und des Elends durchgemacht. Ihr erster Name war *Schmutz und Kot* gewesen, dann nahm sie aufgrund des Isiskultes, der bis zu ihr gedrungen war, den der Isis an. Ihr erster Senat war eine Verleumdung von Fischern. Lange Zeit war sie Sklavin der Plünderhelden von den sieben Hügeln gewesen, und nach einigen Jahrhunderten hatten sich andere Räuberhelden, die von jenseits des Rheins gekommen waren, ihres kleinen Gebietes bemächtigt.
Die Zeit, die alles ändert, hatte aus ihr eine Stadt gemacht, in der ein Teil sehr vornehm und schön, der andere dagegen etwas gewöhnlich und komisch war: Das war symbolisch für ihre Einwohnerschaft. Innerhalb ihres Stadtbereiches lebten mindestens hunderttausend Menschen, die nichts weiter zu tun hatten, als zu spielen und sich zu amüsieren. Diese Müßiggänger urteilten über die Künste, die andere pflegten, sie wußten nichts von dem, was sich am Hofe zutrug, denn obwohl er nur vier kleine Meilen von ihnen entfernt war, schien es, als ob mindestens sechshundert Meilen zwischen ihnen lägen. Gesellige Freuden, Fröhlichkeit und Leichtfertigkeit waren für sie die einzigen wichtigen Angelegenheiten: Man regierte sie wie Kinder, die man mit Spielzeug überschüttet, um sie am Schreien zu hindern. Wenn

man ihnen von den Greueltaten sprach, durch die ihr Vaterland vor zwei Jahrhunderten verwüstet worden war, und den entsetzlichen Zeiten, als die eine Hälfte des Volkes die andere wegen einiger Sophismen niedermetzelte, so sagten sie, das sei wirklich nicht schön gewesen; dann fingen sie wieder an zu lachen und *Gassenhauer* zu trillern!

Je höflicher, gefälliger und liebenswürdiger die Müßiggänger waren, desto stärker war der traurige Kontrast zwischen ihnen und den Arbeitenden.

Unter den Arbeitenden oder unter denen, die angeblich zu ihnen gehörten, gab es eine Schar finsterer, halb törichter, halb spitzbübischer Fanatiker, deren bloßer Anblick die Welt verdunkelte. Hätten sie es vermocht, so hätten sie, um sich etwas Ansehen zu verschaffen, den Erdball umgestürzt. Aber das singende und tanzende Völkchen der Müßiggänger scheuchte sie in ihre Höhle zurück, so wie die Vögel die Eulen zwingen, sich in ihren Mauerlöchern zu verkriechen.

Eine kleine Anzahl Arbeitender war Beschützer alter barbarischer Bräuche, gegen die die entsetzte Natur mit lauter Stimme Einspruch erhob. Sie befragten aber nur ihre von Würmern zernagten Bücher, und wenn sie darin einen unsinnigen und schrecklichen Brauch fanden, so galt er ihnen als geheiligtes Gesetz. Durch die feige Gewohnheit, daß man nicht den Mut aufbrachte, eigene Gedanken zu haben, sondern die Ideen aus den Überbleibseln alter Zeiten zu schöpfen, wo man überhaupt noch nicht denken konnte, herrschten in der Stadt der Freude noch gräßliche Sitten. Aus diesem Grunde bestand auch kein richtiges Verhältnis zwischen Vergehen und Strafe. Manchmal ließ man einen Unschuldigen tausendmal den Tod erleiden, um ihn zum Geständnis eines Verbrechens zu zwingen, das er nicht begangen hatte.

Für einen unbesonnenen Streich bestrafte man einen jungen Menschen, wie man einen Gift- oder Vatermörder bestraft hätte. Darüber brachen die Müßiggänger in ein lautes Geschrei aus, aber sie dachten am folgenden Tage schon nicht mehr daran und sprachen nur noch von den neuesten Moden. Dieses Volk hatte ein ganzes Jahrhundert vorüberziehen lassen, in dem die schönen Künste einen Grad der Vervollkommnung erreichten, den man nie zu erhoffen gewagt hatte. Die Fremden kamen damals, wie nach Babylon, in diese Stadt, um die großen Denkmäler der Baukunst, die Wunder der Gärten und die großartigen Werke der Skulptur und der Malerei zu bewundern. Sie waren bezaubert von einer Musik, die ins Herz ging, ohne die Ohren zu betäuben.

Die wahre Dichtkunst, das heißt die natürliche und harmonische, die zum Herzen wie zum Verstande spricht, wurde dem Volk erst in diesem glücklichen Jahrhundert erschlossen. Neue Arten der Redekunst entfalteten ihre erhabenen Schönheiten. Besonders die Theater hallten von Meisterwerken wider, an die kein anderes Volk heranreichte. Der gute Geschmack verbreitete sich schließlich in allen Berufskreisen, so daß es selbst unter den Priestern gute Schriftsteller gab.

Viele Lorbeerbäume, deren Wipfel bis zu den Wolken hinaufreichten, verdorrten bald in der erschöpften Erde, und es blieb nur eine kleine Anzahl übrig, deren Blätter ein fahles, sterbendes Grün zeigten. Der Niedergang wurde durch die Arbeitsleichtigkeit und die Faulheit im Vollenden, durch die Übersättigung mit Schönem und die Vorliebe für Absonderlichkeiten verursacht. Eitelkeit schirmte die Künstler, die die Zeiten der Barbarei wiederaufleben ließen, und eben diese Eitelkeit verfolgte die wahren Talente und zwang sie dazu, ihr Vaterland zu verlassen: die Drohnen vertrieben die Bienen.

Es gab kaum noch wahre Künste, kaum ein Genie. Das Verdienst bestand darin, über die Verdienste des vergangenen Jahrhunderts hin und her zu streiten. Die Kleckser, die die Wände von Schenken beschmierten, kritisierten gelehrt die Gemälde der großen Maler, Papierbesudler entstellten die Werke großer Schriftsteller, Unwissenheit und schlechter Geschmack dingten sich andere Schmierfritzen. In hundert Händen wurden die gleichen Dinge unter verschiedenen Titeln wiederholt, alles war Wörterbuch oder Flugschrift. Ein zeitungsschreibender Priester veröffentlichte zweimal wöchentlich die obskuren Geschichten einiger vom Teufel Besessener, die ganz unbekannt waren, und auch die Geschichten göttlicher Wunder, die in Dachkammern von kleinen Bettlern und Bettlerinnen vollbracht wurden. Andere schwarzgekleidete Expriester, die beinahe vor Wut und Hunger starben, beklagten sich in hundert Schriften, daß man ihnen nicht mehr erlaube, die Menschen zu betrügen, sondern daß dieses Recht Böcken in grauem Fell zustehe. Einige Oberpriester druckten sogar Schmähschriften.

Amazan wußte nichts von alledem, und es hätte ihn, selbst wenn er es erfahren hätte, wenig gekümmert, da er ja nur die Prinzessin von Babylon und den König von Ägypten im Kopfe hatte und auch seinen unverletzten Eid, die koketten Damen in allen Ländern zu verschmähen, in die der Kummer seine Schritte auch immer lenken mochte.

Das ganze leichtlebige, unwissende Volk, das die angeborene Neugierde der Menschen auf die Spitze getrieben hatte, drängte sich lange um seine Einhörner, die gescheiteren Frauen dagegen stürmten die Tür des Gasthauses, um Amazan selber zu sehen.

Er äußerte seinem Wirt gegenüber zunächst den Wunsch, zu Hofe zu gehen, doch einige Müßiggänger der guten Gesellschaft, die zufällig dabeiwaren, sagten ihm, das sei nicht mehr Mode. Die Zeiten hätten sich geändert, und man fände nur noch in der Stadt Vergnügen. Amazan wurde noch für denselben Abend von einer Dame zum Essen geladen, deren Geist und Talente weit über die Grenzen ihres Vaterlandes bekannt waren. Sie hatte auch einige Länder bereist, durch die Amazan gekommen war. Ihm gefiel diese Dame und die Gesellschaft, die er bei ihr antraf, ungemein. Die Freiheit war in diesem Kreise anständig, die Fröhlichkeit keineswegs lärmend, die Kenntnisse wirkten nicht abstoßend und der Geist nicht streng. Er stellte fest, daß die Bezeichnung »Gute Gesellschaft« kein leerer Schall ist, obwohl man sie oft unangebracht anwendet. Am nächsten Tage speiste er in einer ebenso liebenswürdigen, aber weit genußsüchtigeren Gesellschaft. Je mehr ihm die Geladenen behagten, um so zufriedener war man auch mit ihm. Er fühlte, wie sein Herz immer weicher wurde und sich löste, so wie die Gewürze in seiner Heimat auf mäßigem Feuer leicht schmelzen und in köstlichen Wohlgerüchen verströmen.

Nach dem Abendessen besuchte man mit ihm ein entzückendes Schauspiel, das von den Priestern abgelehnt wurde, weil es ihnen die Zuhörer raubte, die sie unbedingt für sich haben wollten. Das Schauspiel war zusammengesetzt aus gefälligen Versen, wunderschönen Liedern, Tänzen, die die Seelenregungen wiedergaben, und aus Dekorationen, die die Augen dadurch, daß sie sie täuschten, bezauberten. Diese Art Lustbarkeit, die so vielerlei Arten in sich vereinigte, trug den fremden Namen *Oper*, was ehemals in der Sprache der sieben Hügel *Arbeit, Sorge, Beschäftigung, Betriebsamkeit, Unternehmen, Tätigkeit, Geschäft* bedeutete. Dieses *Geschäft* begeisterte ihn. Besonders ein Mädchen bezauberte ihn durch ihre klangvolle Stimme und ihre Anmut. Dieses *Geschäftsmädchen* wurde ihm nach dem Schauspiel von seinen neuen Freunden vorgestellt. Als er ihr eine Handvoll Diamanten schenkte, war sie ihm so dankbar, daß sie sich für den Rest des Tages nicht mehr von ihm trennen wollte. Er aß mit ihr zu Abend. Während des Mahles vergaß er seine Zurückhaltung, und nach dem Mahl vergaß er auch seinen Eid, stets unempfindlich gegen Schönheit und unerbittlich gegen zärtliche Koketterien zu sein. Welch ein Beispiel menschlicher Schwäche!

Da langte die Prinzessin von Babylon mit dem Phönix, ihrer Kammerfrau Irla und ihren zweihundert, auf Einhörnern reitenden Gangariden an. Sie mußten ziemlich lange warten, bis die Tore geöffnet wurden. Sofort fragte sie, ob der schönste, tapferste, geistvollste und treueste aller Männer noch in der Stadt sei, und die Beamten merkten, daß sie von Amazan sprach. Sie ließ sich nach dem Gasthaus, in dem er wohnte, führen. Ihr Herz klopfte vor Liebe, ihre ganze Seele war von der unaussprechlichen Freude durchdrungen, endlich ihren Geliebten, das Muster aller Standhaftigkeit, wiederzusehen. Sie ließ sich nicht hindern, schnurstracks sein Zimmer zu betreten. Die Bettvorhänge waren weit auseinandergeschlagen, und sie fand den schönen Amazan in tiefem Schlaf in den Armen einer hübschen Brünette. Alle beide verrieten ein großes Ruhebedürfnis. Formosante stieß einen lauten Schrei der Verzweiflung aus, der zwar das ganze Haus durchhallte, aber weder ihren Vetter noch das *Geschäftsmädchen* aufweckte. Sie fiel ohnmächtig in Irlas Arme, und als sie wieder zur Besinnung gekommen war, verließ sie schmerz- und zornerfüllt das verhängnisvolle Zimmer. Irla erkundigte sich, wer das junge Fräulein sei, mit der der schöne Amazan so zärtliche Stunden verbracht hatte. Man sagte ihr, es sei ein äußerst gefälliges *Geschäftsmädchen*, das neben seinen anderen Talenten auch reizend zu singen verstehe. »O gerechter Gott, o allmächtiger Ormuzd!« rief die Prinzessin von Babylon unter Tränen aus, »wer hat mich verraten und für wen! Der Mann also, der um meinetwillen so viele Prinzessinnen zurückwies, hat mich mit einer gallischen Bänkelsängerin betrogen! Nein, diesen Schimpf kann ich nicht überleben!«

»Herrin, so sind nun einmal alle jungen Männer von einem Ende der Welt bis zum anderen«, klärte Irla sie auf, »selbst wenn sie in eine vom Himmel gestiegene Schönheit verliebt wären, würden sie ihr in gewissen Augenblicken doch mit einer Kellnerin untreu werden!«

»Es ist vorbei«, sagte die Prinzessin, »ich will ihn nie mehr wiedersehen. Wir wollen sofort abreisen, die Einhörner sollen eingespannt werden!« Der Phönix beschwor sie, doch wenigstens zu warten, bis Amazan erwacht sei und mit ihr sprechen könnte. »Er verdient es nicht«, antwortete die Prinzessin, »du kränkst mich aufs tiefste. Würde er nicht annehmen, ich hätte dich gebeten, ihm Vorwürfe zu machen, und ich wolle mich mit ihm aussöhnen? Wenn du mich liebst, so füge der Beleidigung, die er mir angetan hat, nicht noch eine hinzu.« Der Phönix, der ja der Tochter des Königs von Babylon sein Leben verdankte, konnte ihr nicht ungehorsam sein. Die Prinzessin reiste sofort mit ihrem gesamten Gefolge ab. »Wohin geht der Weg, Herrin?« fragte Irla. »Ich weiß es nicht«, entgegnete die Prinzessin, »wir nehmen den ersten besten Weg, den wir finden. Ich bin zufrieden, wenn ich Amazan nie mehr begegne.«

Der Phönix war verständiger als Formosante, da ihn keine Leidenschaft beherrschte, und er tröstete sie unterwegs. Er setzte ihr behutsam auseinander, daß es unrecht sei, sich selbst für die Fehler anderer zu strafen. Amazan habe ihr viele und sehr deutliche Beweise seiner Treue gegeben, und sie müßte ihm wohl verzeihen, daß er sich ein einziges Mal vergessen habe. Amazan sei ein gerechter Mensch, dem Ormuzd seine Gnade versagt habe und der darum künftighin in Liebe und Treue um so beständiger sein werde. Der Wunsch, seine Schuld zu sühnen, werde ihn über sich selbst erheben, und sie würde dadurch um so glücklicher werden. Mehrere hohe Fürstinnen hätten früher ähnliche Seitensprünge verziehen und seien sehr gut dabei gefahren. Er führte ihr solche Beispiele an, und da er eine ungewöhnliche Gabe der Überredung hatte, wurde Formosantes Herz endlich stiller und friedlicher. Sie bereute, daß sie so schnell abgereist war, und fand, daß die Einhörner zu schnell liefen. Sie wagte jedoch nicht umzukehren, und sie schwankte zwischen dem Wunsch, zu verzeihen, und dem Verlangen, ihren Zorn zu zeigen, zwischen Liebe und Eitelkeit. Sie ließ die Einhörner weiterlaufen und durchstreifte so die Welt, wie es ihr das heimische Orakel prophezeit hatte.

Als Amazan erwachte, erfuhr er, daß Formosante und der Phönix nach ihrer Ankunft sofort wieder abgereist waren. Man erzählte ihm von der Verzweiflung und dem Zorn der Prinzessin und auch davon, daß sie geschworen habe, ihm niemals zu verzeihen. »So bleibt mir nichts übrig, als ihr nachzureisen und mir zu ihren Füßen das Leben zu nehmen«, rief Amazan.

Als seine Freunde aus der guten Gesellschaft der Müßiggänger von diesem Zwischenfall hörten, kamen sie herbeigeeilt, und alle suchten ihm zu beweisen, daß es viel gescheiter sei, bei ihnen zu bleiben, und daß nichts mit dem herrlichen Leben zu vergleichen wäre, das sie im Schoße der Künste und in ruhigem, feinem Sinnengenuß führten. Viele Ausländer und sogar Könige hatten diese wohltuende und so gut ausgenutzte Geruhsamkeit ihrem Vaterland und ihrem Thron vorgezogen. Übrigens sei sein Wagen beschädigt und ein Wagenbauer fertige ihm einen modernen an. Der beste Schneider der Stadt habe ihm bereits ein Dutzend Anzüge nach der neuesten Mode zugeschnitten, und jede der geistvollsten und liebenswürdigsten Damen der Stadt, bei denen ausgezeichnet Theater gespielt wurde, habe schon einen Tag festgelegt, an dem sie für ihn ein Fest veranstalten wolle. Unterdessen trank das *Geschäftsmädchen*, während sie ihre Toilette machte, eine Tasse Schokolade, lachte, sang und neckte den schönen Amazan, der nun endlich merkte, daß sie nicht einmal so viel Verstand wie ein Gänschen hatte.

Da Herzlichkeit, Offenheit, Großmut und Tapferkeit die Charakterzüge dieses großen Prinzen waren, hatte er seinen Freunden von seinem Unglück und seinen Reisen berichtet. Sie wußten, daß er der Vetter der Prinzessin war. Er hatte ihnen auch von dem verhängnisvollen Kuß erzählt, den sie dem König von Ägypten gegeben hatte. »Solche kleinen Seitensprünge verzeiht man sich unter Verwandten«, sagten sie, »sonst müßte man ja ein Leben in ewigem Streit verbringen.« Nichts brachte ihn von seinem Entschluß ab, Formosante nachzureisen, aber da sein Wagen nicht reisefertig war, mußte er noch drei volle Tage voller Feste und Vergnügungen mit den Müßiggängern verbringen. Schließlich nahm er Abschied von ihnen, umarmte sie, schenkte ihnen die bestgeschliffenen Diamanten seines Landes und empfahl ihnen, stets leichtlebig und sorglos zu bleiben, wodurch sie noch liebenswürdiger würden. »Die Deutschen«, sagte er, »sind die Greise Europas, die Bewohner Albions stehen im Mannesalter, und die Menschen in Gallien sind Kinder, mit denen ich gern spiele.«

ELFTES KAPITEL

Seinen Führern fiel es nicht schwer, der Prinzessin auf ihrem Wege zu folgen, denn man sprach überall nur von ihr und ihrem großen Vogel. Alle Bewohner waren noch in heller Begeisterung. Die Bevölkerung Dalmatiens und der Mark Ancona erlebten später eine weniger angenehme Überraschung, als sie ein Haus durch die Luft fliegen sahen; an den Ufern der Loire, der Dordogne und der Gironde hörte man lauten Beifall.

Als Amazan am Fuße der Pyrenäen angelangt war, ließen die Priester und Beamten ihm zu Ehren einen Tamburintanz aufführen, sobald er jedoch jenseits der Pyrenäen war, fand er keine Freude und Heiterkeit mehr. Die Lieder, die er hier und da hörte, klangen traurig. Die Bewohner schritten mit ernsten Mienen dahin, hatten Rosenkränze in den Händen und Dolche im Gürtel; das ganze in Schwarz gekleidete Volk schien in Trauer zu sein. Wenn Amazans Diener die Vorübergehenden ansprachen, antworteten sie mit Zeichen; betrat man ein Gasthaus, so bedeutete ihnen der Wirt mit drei Worten, er habe nichts da und müsse erst einige Meilen weit schicken, um die notwendigen Sachen herbeizuschaffen.

Fragte man diese Schweigsamen, ob sie die schöne Prinzessin von Babylon gesehen hätten, so waren sie weniger wortkarg und sagten: »Wir haben sie gesehen. So schön ist sie aber gar nicht, nur dunkelbraune Haut ist schön. Sie brüstet sich mit einem Alabasterhals, das Widerwärtigste, was man sich denken kann. Unter unseren Himmelsstrichen kennt man so etwas kaum.«

Amazan näherte sich der Provinz, durch die der Baetis fließt. Vor nicht ganz zwölftausend Jahren hatten die Tyrier dieses Land entdeckt, etwa zu derselben Zeit, als sie die Entdeckung der großen Insel Atlantis gemacht hatten, die einige Jahrhunderte später wieder im Meer unterging. Die Tyrier trieben Ackerbau in Baetica, das die Eingeborenen brachliegen ließen, weil sie behaupteten, sie brauchten sich um nichts zu kümmern, es sei vielmehr Sache der Gallier, ihrer Nachbarn, die Felder zu bestellen. Die Tyrier hatten Palästiner mitgebracht, die seit der Zeit in allen Gegenden zu finden sind, vorausgesetzt, daß es für sie Geld zu verdienen gibt. Da sie Geld mit fünfzig Prozent ausliehen, hatten sie fast den ganzen Reichtum des Landes an sich gebracht. In den Einwohnern hatte das den Glauben erweckt, die Palästiner seien Hexenmeister, und alle, die wegen Hexerei angeklagt waren, wurden erbarmungslos von einer Schar Priester verbrannt, die man *Schnüffler* oder *Anthropokäer* nannte. Die Priester zogen ihnen zunächst eine Art Maskengewand an, nahmen ihnen ihr Eigentum ab und sagten andächtig die Gebete der Palästiner her, während man sie auf langsamem Feuer *por amor de Dios* briet.

Die Prinzessin von Babylon war in der Stadt, die

später Sevilla hieß, an Land gestiegen. Sie hatte die Absicht, auf dem Baetis mit Schiffen weiterzufahren, um über Tyrus nach Babylon zurückzukehren. Sie wollte ihren Vater, den König Belos, wiedersehen und, wenn möglich, ihren treulosen Geliebten vergessen oder ihn zum Gatten fordern. Sie ließ zwei Palästiner, die alle Geschäfte des Hofes erledigten, zu sich kommen und beauftragte sie, ihr drei Schiffe zu mieten. Der Phönix traf alle erforderlichen Abmachungen mit ihnen, und sie kamen nach kurzem Disput auch mit dem Preis überein.

Die Gasthausbesitzerin war sehr fromm, und ihr nicht weniger frommer Mann war ein Vertrauter, das heißt ein Spion der Priesterschnüffler und Anthropokäer. Er unterließ nicht, ihnen mitzuteilen, daß sich bei ihm eine Hexe und zwei Palästiner befänden, die mit dem als großem goldenem Vogel verkleideten Teufel einen Pakt abgeschlossen hätten. Als die Schnüffler überdies erfuhren, daß die Dame eine ungeheure Menge Diamanten besitze, hielten sie sie ohne weiteres für eine Hexe. Sie warteten jedoch erst die Nacht ab, um die zweihundert Ritter und Einhörner, die in großen Ställen schliefen, einzusperren, denn Schnüffler sind ja Feiglinge.

Nachdem sie die Türen fest verrammelt hatten, ergriffen sie Irla und die Prinzessin. Den Phönix konnten sie jedoch nicht fangen; er flog pfeilgeschwind davon, denn er ahnte, daß er Amazan auf dem Wege von Gallien nach Sevilla finden würde. Er traf ihn an der Grenze von Baetica und berichtete ihm von dem Mißgeschick der Prinzessin. Amazan war so erschüttert und so wuterfüllt, daß er kein Wort herausbringen konnte. Er zog einen goldgestreiften Stahlharnisch über, bewaffnete sich mit einer zwölf Fuß langen Lanze, zwei Wurfspeeren und einem scharfen Schwert, das *Fulminante* hieß und mit einem einzigen Hieb Bäume, Felsen und Priester zerspalten konnte. Seinen schönen Kopf bedeckte ein goldener, mit Reiher- und Straußenfedern geschmückter Helm. Es war die alte Ausrüstung Magogs, die ihm seine Schwester Aldea auf seiner Reise durch Skythien zum Geschenk gemacht hatte. Die wenigen Begleiter, die er hatte, bestiegen gleich ihm die Einhörner.

Amazan umarmte seinen geliebten Phönix und sagte traurig: »Ich bin schuld. Hätte ich nicht in der Stadt der Müßiggänger mit einem *Geschäftsmädchen* geschlafen, so wäre die schöne Prinzessin von Babylon nicht in diese entsetzliche Lage geraten. Doch auf zu den Anthropokäern!« Nach kurzer Zeit war er in Sevilla. Fünfzehnhundert Häscher bewachten die Tore des Raumes, in dem die zweihundert Gangariden mit ihren Einhörnern ohne Essen und Trinken eingesperrt waren. Zur Opferung der Prinzessin von Babylon, ihrer Kammerfrau Irla und der beiden Palästiner waren alle Vorbereitungen getroffen.

Der Groß-Anthropokäer saß bereits, umgeben von seinen kleinen Anthropokäern, auf seinem geweihten Richterstuhl. Eine Unmenge Einwohner von Sevilla, die alle Rosenkränze an ihren Gürteln hängen hatten, falteten stumm ihre Hände, und die schöne Prinzessin, Irla und die beiden Palästiner wurden mit auf dem Rücken gebundenen Händen und in Maskengewändern hereingeführt.

Der Phönix drang durch eine Dachluke in das Gefängnis ein, dessen Tore die Gangariden schon einzuschlagen versuchten. Der unbesiegbare Amazan brach sie von außen auf, und alle drangen bewaffnet auf ihren Einhörnern heraus. Amazan stellte sich an die Spitze, und es kostete ihn keine Mühe, die Häscher, die Vertrauten und die Anthropokäer niederzuschlagen. Jedes Einhorn spießte Dutzende von ihnen auf einmal auf, Amazans *Fulminante* hieb alle, die ihm entgegentraten, in zwei Stücke. Das ganze Volk floh in seinen schwarzen Mänteln und schmutzigen Halskrausen auseinander, und jeder hielt die geweihten Perlen *por amor de Dios* fest in seinen Händen.

Amazan riß mit einer Hand den Groß-Schnüffler von seinem Richterstuhl und warf ihn auf den Scheiterhaufen, der schon vierzig Schritte entfernt errichtet war; auch die kleinen Schnüffler schleuderte er alle einen nach dem anderen dahin. Dann warf er sich Formosante zu Füßen. »Ach, wie liebenswert Ihr seid«, sagte sie, »und wie würde ich Euch vergöttern, wenn Ihr mir nicht mit einem *Geschäftsmädchen* untreu geworden wäret.«

Während sich Amazan mit der Prinzessin aussöhnte und seine Gangariden die Leiber der Anthropokäer auf den Scheiterhaufen warfen und die Flammen bis zu den Wolken emporzüngelten, sah Amazan in der Ferne etwas wie ein Heer auf sich zukommen. Ein greiser Monarch mit der Krone auf dem Haupt zog in einem mit acht Maultieren bespannten Wagen heran; weitere hundert Wagen folgten, die von würdevollen Persönlichkeiten in schwarzen Mänteln und Halskrausen auf sehr schönen Pferden begleitet waren; eine Menge Leute mit fettigen Haaren folgte schweigend zu Fuß.

Amazan scharte zunächst seine Gangariden um sich und drang mit eingelegter Lanze vor. Sobald der König ihn gewahrte, nahm er seine Krone ab, stieg aus dem Wagen, küßte Amazans Steigbügel und sprach zu ihm: »Ihr gottgesandter Mann, Ihr seid der Rächer des ganzen Menschengeschlechts, der Befreier meines Vaterlandes und mein Beschützer. Die geheiligten Ungeheuer, von denen Ihr die Erde gereinigt habt, waren meine Herren im Namen des *Alten von den sieben Hügeln!* Ich war gezwungen, ihre verbrecherische Macht zu dulden, denn mein Volk hätte mich verlassen, wenn ich ihre scheußlichen Gewalttaten auch nur eingeschränkt hätte. Von heute ab atme ich wieder frei, ich herrsche wieder, und Euch verdanke ich das!«

Darauf küßte er Formosante ehrerbietig die Hand und bat sie, mit Amazan, Irla und dem Phönix in seinem Wagen Platz zu nehmen. Die beiden Palästiner und Hofbankiers, die vor Schrecken und Dankbarkeit noch auf dem Boden knieten, erhoben sich, und die Schar der Einhörner folgte dem König von Baetica in seinen Palast.

Da die Würde des Königs eines ernsten Volkes erforderte, daß seine Maultiere in langsamen Schritten gingen, hatten Formosante und Amazan vollauf Zeit, ihm ihre Abenteuer zu erzählen. Er unterhielt sich auch mit dem Phönix, bewunderte und küßte ihn wohl hundertmal. Er sah ein, wie unwissend, roh und barbarisch die Völker des Abendlandes waren, die das Fleisch von Tieren verspeisten und ihre eigene Sprache nicht mehr verstanden. Ihm wurde klar, daß allein die Gangariden die ursprüngliche Natur und Würde des Menschen gewahrt hatten. Vor allem gab er zu, daß die grausamsten aller Sterblichen diese schnüffelnden Anthropokäer waren, von denen Amazan die Welt befreit hatte, und darum segnete er ihn und dankte ihm immer wieder. Formosante dachte schon nicht mehr an das Abenteuer mit dem *Geschäftsmädchen*, ihre Seele war nur noch erfüllt von der Tapferkeit des Helden, der ihr das Leben gerettet hatte. Nachdem Amazan über die Unschuld des Kusses, den Formosante dem König von Ägypten gegeben hatte, aufgeklärt und über die Wiedergeburt des Phönix unterrichtet worden war, empfand er eine reine Freude und war von der leidenschaftlichsten Liebe erfüllt.

Man speiste im Palast, und zwar ziemlich schlecht.

Die iberischen Köche waren die schlechtesten von ganz Europa, und Amazan riet, Köche aus Gallien kommen zu lassen. Während des Mahles spielten die Musikanten des Königs das berühmte Musikstück, das in den späteren Jahrhunderten unter dem Titel *Folies d'Espagne* bekannt wurde. Nach dem Mahl sprach man über geschäftliche Angelegenheiten.
Der König fragte den schönen Amazan, die wunderschöne Formosante und den schönen Phönix, was sie sich vorgenommen hätten. »Ich habe die Absicht, nach Babylon zurückzukehren«, sagte Amazan, »ich bin vermutlich der Thronerbe und will bei meinem Onkel Belos um meine Base, die unvergleichliche Formosante, anhalten, falls sie nicht lieber mit mir bei den Gangariden leben möchte.«
»Und meine Absicht ist jedenfalls, mich nie mehr von meinem Vetter zu trennen«, ließ sich die Prinzessin vernehmen, »doch ich glaube, daß ich mich zunächst zu meinem königlichen Vater begeben muß, da er mir doch nur erlaubt hat, eine Pilgerfahrt nach Basra zu machen, während ich die ganze Welt durchstreift habe.« – »Und ich werde den beiden guten und hochherzigen Liebenden überallhin folgen«, sagte der Phönix.
»Ihr habt recht«, antwortete der König von Baetica, »aber die Rückkehr nach Babylon ist nicht so leicht, wie Ihr denkt. Täglich erhalte ich Nachrichten aus jenem Lande durch tynsche Schiffe und durch meine palästinischen Bankhalter, die mit allen Völkern der

Erde in Verbindung stehen. In der Gegend des Euphrat und des Nil steht alles in Waffen. Der König von Skythien fordert an der Spitze von dreimal hunderttausend berittenen Kriegern das Erbe seiner Frau, die Könige von Indien und Ägypten verwüsten die Ufer des Euphrat und des Tigris mit je dreihunderttausend Mann, um sich dafür zu rächen, daß man sich über sie lustig gemacht hat. Während der König von Ägypten außerhalb seines Landes ist, zerstört sein Feind, der König von Äthiopien, Ägypten mit dreihunderttausend Mann, und der König von Babylon hat erst sechshunderttausend Mann zur Verteidigung aufgebracht.«

»Ich muß gestehen«, fuhr der König fort, »wenn ich von den riesigen Heeren, die der Orient aus seinem Schoße speit, und von ihrer erstaunlichen Pracht sprechen höre, wenn ich sie mit unserer kleinen Schar von zwanzig- bis dreißigtausend Soldaten vergleiche, die nur mit Mühe bekleidet und ernährt werden können, so bin ich versucht zu glauben, daß der Orient lange vor dem Okzident geschaffen wurde. Mir kommt es vor, als seien wir erst vorgestern aus dem Chaos und gestern aus der Barbarei emporgestiegen.«

»Majestät«, erwiderte Amazan, »die Zuletztgekommenen tragen zuweilen den Sieg über die ersten davon. In meinem Lande nimmt man an, daß die Wiege der Menschheit Indien ist, aber ich bin dessen nicht ganz sicher.«

»Und du«, fragte der König den Phönix, »wie denkst du darüber?«

»Majestät, ich bin noch zu jung, um über das Altertum Bescheid zu wissen«, antwortete der Phönix. »Ich lebe erst ungefähr siebenundzwanzigtausend Jahre, und mein Vater, der fünfmal so alt war, erzählte mir, er habe von seinem Vater gehört, daß die Länder des Orients stets dichter bevölkert und reicher gewesen seien als die anderen. Er wußte von seinen Vorfahren, daß alle Generationen der Tiere von den Ufern des Ganges stammten. Aber ich bin nicht so eitel, diese Meinung zu teilen. Ich kann nicht glauben, daß die Füchse Albions, die Murmeltiere der Alpen und die Wölfe Galliens aus meinem Lande kommen. Ebensowenig kann ich mir denken, daß die Tannen und Eichen Eurer Länder von den Palmen und Kokosbäumen Indiens abstammen.«

»Aber woher kommen wir denn?« wollte der König wissen. »Das weiß ich nicht«, erwiderte der Phönix, »ich möchte nur wissen, wohin die schöne Prinzessin von Babylon und mein teurer Freund Amazan gehen könnten.« – »Ich bezweifle sehr, daß er imstande wäre, mit seinen zweihundert Einhörnern so viel Heere von dreimal hunderttausend Mann zu durchbrechen.« – »Warum nicht?« meinte Amazan.

Der König von Baetica fand dieses *Warum nicht?* sehr heldenhaft, er glaubte jedoch, der Heldenmut allein genüge nicht gegen so zahllose Heere. »Ich rate Euch, den König von Äthiopien aufzusuchen«, sagte er,

»durch meine Palästiner stehe ich mit diesem schwarzen Fürsten in Verbindung und werde Euch Briefe an ihn mitgeben. Da er ein Feind des Königs von Ägypten ist, wird er überaus glücklich sein, durch ein Bündnis mit Euch unterstützt zu werden. Ich selber kann Euch mit zweitausend äußerst maßvollen und tapferen Soldaten unterstützen, und Ihr könntet die gleiche Zahl unter den Völkern anwerben, die am Fuße der Pyrenäen wohnen und Vaskoner oder Basken heißen. Sendet einen Eurer Krieger auf einem Einhorn mit einigen Diamanten aus, und es wird kaum einen Basken geben, der nicht bereit ist, die Burg, das heißt die Hütte seines Vaters zu verlassen, um Euch zu dienen. Sie sind unermüdlich, mutig und vergnügt, und Ihr werdet mit ihnen zufrieden sein. Bis sie kommen, werden wir Euch zu Ehren Feste veranstalten und Eure Schiffe ausrüsten. Ich kann mich ja für den Dienst, den Ihr mir erwiesen habt, nicht genug erkenntlich zeigen.«

Amazan freute sich des Glückes, Formosante wiedergefunden zu haben und mit ihr den Zauber ihrer wiedergewonnenen Liebe zu genießen, der beinahe dem der erwachenden Liebe gleichkommt.

Nach kurzer Zeit zog eine stolze und fröhliche Schar von Basken im Tamburintanz heran. Eine andere Truppe stolzer und ernsthafter Iberer stand schon bereit. Der alte dunkelfarbige König umarmte die beiden Liebenden herzlich, ließ ihre Schiffe mit Waffen, Betten, Schachspielen, schwarzen Gewändern, Halskrausen, Zwiebeln, Hammeln, Hühnern, Mehl und so viel Knoblauch beladen und wünschte ihnen eine glückliche Überfahrt, treue Liebe und zahlreiche Siege.

Die Flotte lief das Ufer an, wo, wie es heißt, viele Jahrhunderte später die Phönizierin Dido, die Schwester Pygmalions und Gattin des Sichäus, nachdem sie die Stadt Tyrus verlassen hatte, das stolze Karthago gründete, indem sie eine Stierhaut in Streifen schnitt. So berichteten jedenfalls die bedeutendsten Schriftsteller des Altertums, die doch niemals Märchen erzählten, und die Professoren, die für die Schulknaben geschrieben haben, obwohl es in Tyrus niemals ein Wesen gegeben hat, das – rein griechisch – Pygmalion, Dido oder Sichäus hieß, obwohl es in jenen Zeiten auch gar keinen König in Tyrus gab.

Das herrliche Karthago war noch kein Seehafen, nur einige Numidier lebten dort und trockneten ihre Fische an der Sonne. Man lief Byzacium und die Syrten an, die fruchtbaren Ufer, an denen später Kyrene und Chersones lagen.

Endlich wurde die Mündung des heiligen Nil erreicht. Am äußersten Ende dieser fruchtbaren Gegend lag der Hafen Kanopos, in dem damals schon Schiffe aller handeltreibenden Völker einliefen. Niemand wußte, ob der Gott Kanopos den Hafen geschaffen oder ob die Einwohner den Gott erschaffen hatten, ob der Stern Kanopos der Stadt seinen Namen gegeben oder die Stadt den ihren dem Stern.

Man wußte nur, daß Stadt und Stern sehr alt waren, und das ist schließlich alles, was man vom Ursprung der Dinge, welcher Art sie auch sein mögen, wissen kann.

Der König von Äthiopien hatte ganz Ägypten verwüstet und sah nun gerade hier den unbesiegbaren Amazan und die anbetungswürdige Formosante an Land steigen. Amazan hielt er für den Kriegsgott und Formosante für die Göttin der Schönheit. Amazan überreichte ihm den Empfehlungsbrief des Königs von Spanien. Nach unumgänglichem Brauch heroischer Zeiten veranstaltete der König von Äthiopien zunächst wunderbare Feste. Dann sprach man davon, die dreihunderttausend Mann des Königs von Ägypten, die dreihunderttausend Mann des Kaisers von Indien und die dreihunderttausend des großen Khans der Skythen zu vernichten, die alle das ungeheuer große, hochmütige und wollüstige Babylon belagerten.

Die zweitausend Iberer, die Amazan mit sich führte, erklärten, man brauche den König von Äthiopien zur Rettung Babylons nicht, es genüge, daß ihnen ihr König befohlen habe, Babylon zu befreien; sie würden schon allein mit diesem Unternehmen fertig werden. Die Basken sagten, sie hätten weiß Gott schon genug Kriege geführt, sie würden die Ägypter, Inder und Skythen ganz allein besiegen und wollten mit den Iberern nur unter der Bedingung zusammen marschieren, daß diese die Nachhut bildeten.

Die zweihundert Gangariden mußten über die Anmaßung ihrer Verbündeten lachen und blieben dabei, daß sie mit hundert Einhörnern alle Könige der Welt in die Flucht schlagen könnten. Die schöne Formosante beruhigte sie durch ihre Klugheit und ihre bezaubernden Reden. Amazan führte dem schwarzen Monarchen seine Gangariden, seine Einhörner, die Iberer, die Basken und seinen schönen Vogel vor.
In kurzer Zeit war alles bereit, über Memphis, Heliopolis, Arsinoë, Petra, Artemita, Sora und Apamea zu marschieren, um die drei anzugreifen und jenen denkwürdigen Krieg zu beginnen, wogegen alle, die die Menschen seither geführt, nur Hahnen- und Wachtelkämpfe gewesen sind.
Jeder weiß, wie der König von Äthiopien sich in die schöne Formosante verliebte und wie er sie im Bett überlisten konnte, gerade als ein süßer Schlummer ihre langen Wimpern umfing. Man erinnert sich, daß Amazan beim Anblick dieses Schauspiels glaubte, Tag und Nacht beieinander schlafen zu sehen; man weiß ferner, daß Amazan vor Entrüstung über die ihm angetane Schmach schnell seine *Fulminante* zog, dem frechen Neger den ruchlosen Kopf spaltete und alle Äthiopier aus Ägypten verjagte. Sind diese Wunder nicht alle in der Chronik Ägyptens beschrieben? Mit tausend Zungen hat die Sage überall von den Siegen berichtet, die Amazan mit seinen iberischen Kriegern, seinen Basken und seinen Einhörnern über die drei Könige erfocht. Die schöne Formosante gab

der Held ihrem Vater zurück, und er befreite das ganze Gefolge seiner Gebieterin aus der Sklaverei des Königs von Ägypten. Der große Khan der Skythen schwor ihm Vasallentreue, nachdem seine Heirat mit der Prinzessin Aldea bestätigt war. Der unbesiegbare und hochherzige Amazan zog, als Erbe des Königs von Babylon anerkannt, im Triumph mit dem Phönix in die Stadt ein, in der hundert tributpflichtige Könige versammelt waren. Die Festlichkeiten, die anläßlich seiner Vermählung veranstaltet wurden, übertrafen in jeder Beziehung die seinerzeit von König Belos gegebenen. Bei Tisch wurde der gebratene Stier Apis aufgetragen, und die Könige von Ägypten und Indien waren Mundschenke; diese Hochzeitsfeierlichkeiten sind von fünfhundert babylonischen Dichtern verherrlicht worden.

O ihr Musen, gewöhnlich ruft man euch am Anfang seines Werkes an, ich aber flehe erst an seinem Ende zu euch. Doch umsonst wirft man mir vor, ich hätte nur gratias und nicht *benedicite* gesagt. Musen, ihr werdet trotzdem meine Schutzengel sein. Verhütet, daß vermessene Federfuchser die Wahrheit, die ich den Sterblichen in dieser wirklichkeitsgetreuen Erzählung offenbart habe, durch ihre Märchen verdrehen, so wie sie *Candide*, *Das Naturkind* und die keuschen Abenteuer der keuschen Johanna zu fälschen wagten; ein Exkapuziner hat sie durch Verse, die wahrlich eines Kapuziners würdig waren, in batavischen Ausgaben entstellt. Sie sollen nicht meinem

Drucker, der eine große Familie hat und nicht weiß, womit er Typen, Papier und Druckerschwärze bezahlen soll, dieses Unrecht antun.
O Musen, gebietet dem abscheulichen Coger Schweigen, diesem Professor der Schwatzhaftigkeit am Mazarin-Gymnasium, der mit den moralischen Reden Belisars und des Kaisers Justinian nicht zufrieden war und üble Schmähschriften gegen diese beiden großen Männer verfaßt hat.
Steckt dem Pedanten Larcher einen Knebel in den Mund, der, obwohl er nicht ein Wort altbabylonisch spricht und nicht, so wie ich, die Ufer des Euphrat und Tigris bereiste, die Unverschämtheit besessen hat, zu behaupten, die schöne Formosante, die Tochter des größten Königs der Welt, die Prinzessin Aldea und alle Damen dieses respektablen Hofes hätten aus religiösen Grundsätzen im großen Tempel von Babylon mit allen Stallknechten Asiens für Geld geschlafen. Dieser Wüstling, euer Feind und der Feind aller Schamhaftigkeit, beschuldigt die schönen Ägypterinnen aus Mendes, sie hätten nur Böcke geliebt, und er plant daher, heimlich eine Reise durch Ägypten zu machen, um endlich Liebesabenteuer zu erleben.
Da er die Gegenwart nicht besser kennt als das Altertum, verbreitet er, in der Hoffnung, sich bei irgendeiner guten Alten einzuschmeicheln, unsere unvergleichliche Ninon habe im Alter von achtzig Jahren mit dem Abbé Gédoyn, der Mitglied der Französischen Akademie und der Akademie der schönen

Künste war, geschlafen. Er hat niemals von dem Abt von Châteauneuf gehört und verwechselt ihn mit dem Abbé Gédoyn. Er kennt Ninon nicht besser als die Mädchen von Babylon.

O Musen, ihr Töchter des Himmels, euer Feind Larcher tut Schlimmeres: er ergeht sich in Lobpreisungen der Päderastie und wagt zu behaupten, alle Knaben in meinem Vaterland seien dieser Schändlichkeit ergeben. Er glaubt, sich selbst zu retten, indem er die Zahl der Schuldigen vergrößert.

Edle, keusche Musen, die ihr Pedanterie und Päderastie gleichermaßen verabscheut, schützt mich vor Magister Larcher!

Und Ihr, Meister Langohr, genannt Fréron, der früher ein sogenannter Jesuit war, Ihr, für den der Parnaß bald in Bicêtre und bald in einer Winkelschenke liegt, Ihr, dem man in dem sittsamen Lustspiel ›Die Schottin‹ auf allen Bühnen Europas große Gerechtigkeit widerfahren ließ, Ihr, der würdige Sohn des Pfaffen Desfontaines, der aus seinen Liebeleien mit einem jener schönen Kinder hervorgegangen ist, die, wie der Sohn der Venus, Waffe und Binde tragen und sich gleich ihm in die Lüfte schwingen, wenn auch immer nur bis zur Höhe der Schornsteine, mein teures Langohr, dem ich stets so herzlich zugeneigt war und über das ich nach jener ›Schottin‹ einen Monat lang gelacht habe, ich empfehle Euch meine ›Prinzessin von Babylon‹. Reißt sie recht herunter, damit man sie liest.

Und auch Sie will ich hier nicht vergessen, Sie kirchlichen Zeitungsschreiber, Sie erlauchten Redner der Verzückten, Sie Kirchenvater der von Abbé Bécherand und Abraham Chaumeix gegründeten Religion, verfehlen Sie nicht in Ihren frommen, klugen und beredsamen Kirchenblättern zu erwähnen, daß die Prinzessin von *Babylon* eine Ketzerin, eine Deistin und Atheistin ist. Versuchen Sie vor allem, Herrn Riballier zu veranlassen, daß die Prinzessin von *Babylon* von der Sorbonne verdammt wird. Sie werden meinem Verleger, dem ich diese kleine Geschichte zu Weihnachten geschenkt habe, große Freude machen.

Die von Jorge Luis Borges in 30 Bänden herausgegebene *Biblioteca di Babele* erschien im Verlag Franco Maria Ricci, Mailand. Die deutsche Erstausgabe wurde von der Edition Weitbrecht im K. Thienemanns Verlag, Stuttgart herausgebracht.

Gesetzt wurde der Text in der Excelsior und der Futura Bold bei Greiner & Reichel, Köln. Buchgestaltung und Herstellung: Anke Rosenlöcher, Frankfurt am Main. Umschlagillustration: Bernhard Jäger, Frankfurt am Main. Umschlag- und Einbandgestaltung: Angelika Richter, Heidesheim. Druck und Bindung: Friedrich Pustet KG, Regensburg. Printed in Germany 2008. ISBN 978-3-7632-5828-4. www.buechergilde.de / www.bibliothekvonbabel.de

QUELLENNACHWEIS

Voltaire, Memnon oder die menschliche Weisheit (Memnon ou la sagesse humaine)
Ders., Die beiden Getrösteten (Les deux consolés)
Ders., Geschichte der Reisen Scarmentados (Histoire des voyages de Scarmentado écrite par lui-même)
Ders., Mikromegas (Micromégas. Histoire philosophique)
Ders., Der Weiße und der Schwarze (Le blanc et le noir)
Ders., Die Prinzessin von Babylon (La princess de Babylone)

Aus: Voltaire: Mikromegas und andere Erzählungen.
Aus: Voltaire: Sämtliche Romane und Erzählungen in zwei Bänden.
Aus dem Französischen von Ilse Lehmann, Hans Balzer und Rolf Müller.
Mit einer Einleitung von Victor Klemperer und Erläuterungen von Rudolf Noack und Rolf Müller.